くたばれ地下アイドル

小林早代子

新潮社

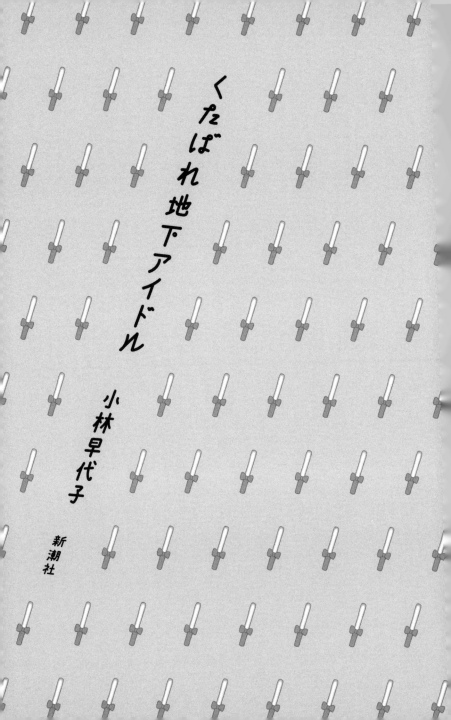

くたばれ地下アイドル　目次

くたばれ地下アイドル

くたばれ地下アイドル

デンモクの予約曲一覧がアイドルソングとアニメソングで埋まっているのを見て、何かもう、バンドとかみんな聴かないんだなって実感した。入学式が終わって日が浅く、クラス内のグループもまだ出来上がっていない私たちは、親睦を深めるためという名目で駅前のカラオケルームに集まっていた。大勢で行くカラオケはあんまり好きじゃないけど流れにとりあえず乗ったのは、これをきっかけに仲良くなれそうな子が見つかればいいなってほのかに期待していたからなのに、まさか開始十五分で打ちひしがれるなんて思ってもみなかった。

中学生の時は、みんなが知らない良い感じのバンドをネットで見つけて教えっこしてマウンティングし合うっていうのに命賭けてた。気の弱い放送委員を脅して給食の時間に自分で選んだ珠玉の一曲を流して悦に入るのがお気に入りの遊びだった。アニソンもアイドルも流そうもんなら今日の放送委員誰だよっつって鼻で笑って袋叩きだよ。この学校ではアニメもアイドルもダサくないんだ。へえー。

一生懸命勉強して、受験できる中で一番偏差値が高くて一番自由な校風の私立高校を選んだのだった。音楽もファッションも小説も映画も、頭が良い子たちでまわりを固めれば、一番面白いものを知れると思ったし、自分もみんなに面白いものを提供できると思っていた。おかしいと思ってたんだよだって私服登校オッケーの学校なのにみんな制服着て来るんだもん。意気揚々とお気にのスカジャン着てるのなんて私だけだもん。制服なんてつまんないもんを何で好んで着るの？

そんな中、一人頑なにミッシェル・ガン・エレファントだけを入れ続けている男子がいた。しかもずっとチバユウスケの細かすぎるモノマネを披露しているのに本家を知らないクラスメイトたちはそれが彼の歌い方だって思ってるから真面目にタンバリン打ってるのもおかしくて、私だけ爆笑しちゃってみんなすげー引いてた。彼は石関くんといって、鮮やかな水色にオレンジのラインが入ったアディダスのジャージを羽織っていた。好きなバンドの話をしたかったけど、彼は先輩から呼ばれたとか言って途中で抜けたから私はもっと一人になった。

帰りの混み合う電車内で、東京から埼玉に帰る人々に押しつぶされながら、卒業して初めて中学を懐かしく思った。卒業式の時はちっとも寂しくなかった。私の高校生活は、賢くて趣味のいい友人に恵まれた輝かしいものになると信じていた。住んでる家が近いってだけで同じ公立中学に集められた同級生たちは、幼稚園や小学校から見知っているから気安かったけど物足りなくもあった。小説や映画で覚えた語彙が伝わらなくてもどかしい思いをしたことが幾度もあった。

電車が北へ進むにつれて少しずつ乗客は減っていくけれど最寄り駅はまだ遠く、バッグの持ち手をぎゅっと握りなおす。埼玉にも良い学校はある。それでも、私はどうしても東京までの定期券が欲しかった。通学に一時間半かかったって電車が混んだっていいから、学校帰りにふらっと原宿で降りてラフォーレのセールに行きたかったのだ。

数日後、石関くんに誘われて軽音楽部の説明会兼新入生勧誘ライブを冷やかしに体育館に足を運んだ。内輪ノリの青春系三枚目バンドや、オタサーの姫っぽいギタボが幅を利かせたバンド、やたら間奏が長くて観念的な歌詞を歌う気取ったバンドらを何組も観てるうちに白けた気持ちと疎外感が綯《な》い交《ま》ぜになってなぜかほのかな怒りに転じ、居ても立ってもいられなくなって石関くんに何も言わずに会場を出た。

スピーカーのそばに立っていたせいで頭が痛い。静けさが恋しくなって、渡り廊下を歩いた先にある図書館に行くことにした。全国有数の蔵書量を誇る図書館があるというのもこの高校を目指した理由の一つだった。

天井が高くて色の少ない、どことなく近未来的なつくりの館内は静かで、ヒールの音がコツコツと大きく響いた。中学の子どもだましみたいな図書室とは比べ物にならない設備に、棚から棚を練り歩いては感嘆する。雑誌コーナーには学術誌や文芸誌だけでなく、ユリイカやロッキング・オンなどのバックナンバーも置いてあって、やっぱりここに入学して良かったと心から思った。小説をいくつかと、ユリイカの文化系女子特集を手に取って席に着く。定期試験が近くないせいか、こんなに充実した館内に生徒の姿は見当たらない。贅沢に複数の椅子を使って荷物や足を放り出し、嬉々として雑誌を開くも、数ページめくったあたりでほとんど暴力的な眠気が襲ってくる。通学時間が大幅に伸びたせいで睡眠が足りていない。まるっきり頭に入らず、同じ行を何度も目でなぞっては、こっくりと船を漕いでしまう。いよいよ活字が意味をなさなくなって思考が夢になりかけた頃、静寂をパシャッというシャッター音が切り裂き、私の眠気もたちまち霧消した。音のした方に目をやると、本棚の向こうで男子生徒が文庫本を片手にスマートフォンを操作しているのが本の隙間から見えた。その男子生徒はスマートフォンを顔の斜め上に掲げると、再度シャッターを切った。

図書館で自撮りなんかしてんじゃねえよ。意地の悪い気持ちになって、顔を見てやろうと本を探すふりをして彼の方に近づいた。この図書館は本棚と本棚の間がやたらと狭い。人とすれ違うのがやっとだ。彼がいる隙間に近寄ると、男子生徒は人の気配にびくりとしたのち、私の方を見て「あ、種村さん」と震えた声で名前を呼んだ。

「……内田くん？」

図書館で一人自撮りをキメていたのは、奇しくも同中《オナチユー》出身の内田くんだった。彼は書道か何かで目覚ましい成績を残したらしく、推薦入試でこの高校に合格したというのを同級生から聞いていた。クラスが違うので、校内で遭遇するのは初めてだった。

内田くんがおずおずと、お茶でもしませんか、と言うので、私たちは高校にほど近い個人経営の喫茶店に入った。お金ないし、ミスドかマックで良くない？　と提案したが、このお店のクレープをどうしても食べたいのだと言う。クレープが運ばれてくると、内田くんはまたスマートフォンを取り出して熱心に写真を撮った。写真が好きなの？　と聞くと、内田くんはうーんそういうわけじゃなくて、とスマートフォンから目を離さずに言った。

「いずれみんなに知れちゃうことだから言うけど……、僕、アイドルやってるんだよね」

「……アイドル？」

「そう、この春からだから、全然駆け出しなんだけど。まだＣＤも出てないし」

「ジャニーズJr.とかってこと？」

「いや、そんな立派なものじゃなくて、地下アイドルってやつだから」

地下アイドルとは、ほとんどメディアには露出せずにライブやイベントなどをメインに活動するアイドルのことを言う。要は、売れてないから「簡単に会いに行けるアイドル」ってことだ。

「地下アイドル、って、男の人のグループもあるの」

「女の子のグループよりはずっと少ないけど、まあわりといるよ」

美少年とは言い難いけど、色が白くて華奢な彼は、確かにまあまあ可愛らしい容姿をしている。どこか自信のなさそうに見える大きな目と、笑うと口元からのぞくがちゃがちゃした歯並びは、どんくさい小動物みたいでちょっとぶちたくなる。

「種村さん、いま露骨に商品を見るような目で見たよね。この程度の顔でアイドルなんて、身の程知らずって思ったでしょ」

「そんなつもりじゃないけど」

良《い》いんだ、そういう目で見られるの、慣れてるし。と言って内田くんはクレープを切り分けて口に運んだ。中学の時も、女子から人気があった男子は不良かスポーツマンのどちらかで、内田くんが女子の話題にのぼることなんてほとんどなかった。違う小学校から上がってきた彼とは中学二年生のとき一年間同じクラスになっただけなので、お互いに顔は見知っているけれど、果たして言葉を交わしたことがあったか怪しい。

内田くんは、インターネットで男性アイドルグループのメンバー募集をしているのを見つけてオーディションを受け、見事合格したのだという。彼が所属しているのは四人組のグループで、十五歳の内田くんが最年少、最年長は大学二年生の十九歳。秋葉原にある小さいステージの併設されたカフェが主な活動場所で、メンバーが日替わりでお店に出ることになっている。内田くんの担当は水曜日と日曜日。毎週土曜日にはライブイベントが行われているらしい。

　ねえちょっとさっき撮った写真見てくれる？　公式ブログに載せようと思うんだけど、と差し出されたスマートフォンの画面をのぞくと、本棚の前で広げた文庫本を口元に添え、上目づかいで微笑んでいる彼の画像が表示されていた。

「図書館で写真撮るのとか、モラルないと思われるからやめたほうがいいんじゃない」

「そうかなあ。一応、知的キャラでいきたいなと思ってるんだけど」

「だったらこんな実写化したばっかの本やめなよ。ミーハーだと思われるよ」

「えー、じゃあ何の本だったら嫌味なく知的ぶれるの？　なつめそうせき？」

「ベタすぎ。教科書かよ」

「難しいよー」

「大人しく『ぐりとぐら』でも持っとけば？　逆に人気出るかも。似合うし」

　内田くんは、ひどーい！　と頬を膨らませて古典的に怒りを表明した。マジか。

「ていうか、この画像加工しすぎじゃない？　フィルター強いよ」

「ちょっと肌の質感整えただけだもん。このくらいみんなやってるでしょ」

　内田くんは、スマートフォンに十種類近くも画像加工アプリをインストールしていて、用途に応じて使い分けているのだという。私もいくつか入れているが知らないものばかりだった。これは料理の写真がキレイに見えるやつでー、これは可愛いスタンプがいっぱいあるやつ、そんでねー、今一番アツいのがこれ！　痒い所に手が届くの！　と丁寧に解説してくれた。画面を見て、読モ気取りの女友達がインスタで使っているのはこれかーと得心がいく。私は自撮りこそ投稿しないが、最近観た映画や本の写真をレトロに加工しては頻繁にアップしている。みんなＳＮＳ上でのセルフプロデュースに余念がなく、それはもはや身だしなみに近い。

「種村さんさ、中学のときから小説とか音楽とか詳しかったよね。僕、全然話したことなかったけどちょっとかっこいいなって思ってた。僕が女子っぽいっていじられてて、クラス中からカマちゃんって呼ばれてたの覚えてる？　あのとき、種村さんだけはさり気なくちゃんと内田って名字で呼んでくれて嬉しかった」

　言われてみれば、確かに内田くんはクラスでからかわれていたような気もする。しかし、そもそも彼の名前を呼ぶ機会があったかどうかすら記憶にない。多分私が彼をあだ名で呼ばなかったのは思いやりでも何でもなく、カマちゃんって呼び方がダサすぎたせいだと思う。カマちゃんってだってそんなしょうもないあだ名で普段ちっとも会話しないクラスメイトを呼べないよ。ただ、そういう自分本位のこだわりが長い間他人の意識に残ることもあるのだな、と思い、今後も自分がだせえと思うことは全て避けて生きようと心に誓った。

「ねえ、オススメの本とかＣＤとか教えてよ。種村さんの趣味なら信用できるから」

僕、もっとファンを増やしたいんだよー、お願い、と内田くんは手を合わせてこちらを見た。下手《したて》に出ることに抵抗がないんだなと思った。別に良いけど、と了承して私たちは連絡先を交換した。

秋葉原の電気街を少し歩くと目に入る、不自然に胸を強調した女の子のイラストが大きく掲げられているビルの地下にそのカフェはあった。狭い階段を降りて店に入ると、甘ったるく安っぽい内装の店内は女性客で八割方埋まっており、私はステージからやや遠いテーブル席に通された。土曜日の今日はライブイベントが行われる日なので、内田くんからあらかじめ手渡されていたチケットとドリンク代五百円で入店できたが、普段は一時間ごとにチャージ料金がかかるシステムらしい。キャバクラみたいだな。氷だらけのジンジャーエールをすすりながら客層を観察する。三十代以上と思《おぼ》しき女性がほとんどで、中には初老と言っても差し支えないような人もいる。デート気分で服を選んでいるのか、やけにフェミニンな服装の人が多かった。

店内のBGMが絞られて照明が暗くなると、客席が息を呑んだようにどよめき、ファンは持参している充電式のペンライトに各々贔屓にしているメンバーのイメージカラーを灯した。客席が不均等な四色に染まる。どうやら青色のメンバーが一番人気らしい。内田くんのメンバーカラーである緑色はまばらにしか見当たらなかった。メンバーが入場すると歓声は大きくなり、ペンライトの動きも激しくなった。メンバーはそれぞれ口が大きすぎたり輪郭がいびつだったり、カッコ悪いとは言えないまでもちょっとずつ惜しい見た目をしていたけど、「ナオキ」という名札をつけた青色の男の子だけは均整のとれた美しさがあった。下の名前が葵だからか「アオちゃん」という名札をつけている内田くんは一番背が低く、子どもみたいで少し浮いていた。店内はあまり広くなくて、後方の席でもそれぞれの表情をはっきりと見ることができる。前方の客には、メンバーの毛穴どころか奥歯の虫歯さえ見えそうだった。

一曲目は、男性アイドルグループのヒット曲のカバーだった。内田くんのダンスは体育の授業かよって感じだったけど歌はなかなかうまかった。ステージの目の前に一人、緑色のペンライトを持った女性がいるのを見つけた。深緑色のワンピースを着ている彼女は、内田くんのソロパートの度に大袈裟な動きでペンライトを振っていた。MCはリーダーらしい赤色のメンバーの司会で進み、話を振られるたび内田くんははにかんで、必ず微妙にちぐはぐな回答をした。その後もMCを挟みつつJポップのカバーをいくつか歌い、最後の二曲は来月発売のファーストシングルに収録されるというオリジナル曲だった。歌詞の間にしばしば自己紹介めいた台詞が長めに挿入されていたり、振り付けに難易度低めの媚びた動きが多かったりと、二曲ともかなりコミカルな仕上がりだった。ライブ終了後は握手会とチェキ会があるとのことだったが、それには参加せずに店を出た。

電気屋やホビーショップが軒並みシャッターを下ろした夜の秋葉原は、まだ二十一時前だというのに拍子抜けするほど静かで、ゲームセンターの照明ばかりが煌々とまぶしかった。私はこの垢抜けない街があまり好きじゃない。少しも心躍らない。
翌朝メンバーのブログを確認すると、四人ともライブの感想をアップしていた。内田くんは、「今日もお疲れさま〜☆アオイ☆」というタイトルの記事を投稿していた。

『今日観に来てくれた人、ありがとうございました！
途中で振り付け間違えたの、握手会のときみんなに指摘されて涙目！（笑）
バレてないと思ったんだけどなあ？（笑）
帰り道にファミマでティラミスを買ったので、今日いただいたクスミティーと一緒に食べま〜す。
来月発売のデビューシングル、よろしくね。
あと、みんなのおすすめのコンビニスイーツも教えてくださ〜い！
☆☆アオイ☆☆』

少女趣味なティーカップとティラミスを前に、片手を頬にあてて両目をつむっている写真が載せられており、ファンからのコメントもいくつか付いていた。私も何か書きこもうかと思ったが、コメント欄をざっと読むと「アオちゃんお疲れ！　コンビニスイーツ癒されるよねー！　肌荒れには気を付けてね♪」「今日は何だか普段より緊張しているようでしたね。私は帰宅して、洗濯物を畳んでいたらこんな時間です。明日は寝室の掃除をしようと思います。おやすみなさい。祥子」「紅茶もいいけど豆乳はどうかな？　身長のびるし、オッパイもおっきくなっちゃうかもよ（笑）」といった調子だったのでばかばかしくなってやめた。

昼休み、私は購買で買ったベーグルとレモンティーを持って体育館の脇から外に続く石造りの階段に向かった。この階段は薄汚いけれど、空を見上げると体育館と校舎の間に流れる雲の動きがよく見える。

ライブ来てくれてありがとうね、と自作らしいキャラ弁の写真を何枚も撮りながら内田くんは言った。

「こちらこそ、チケットありがとう」

「いーえ。僕らくらいの年頃の人って全然来ないから、種村さんちょっと目立ってたよ」

内田くんは、あ、ごめん写真撮ってくれる？　と言って私にスマートフォンを手渡し、弁当箱と豆乳のパックを持って口をすぼめ、あごを引いて上目づかいをした。うまく撮れる自信がないのでやみくもに連写して内田くんに返す。

「豆乳飲んでんだ。オッパイおっきくなっちゃうかもよ」

「あ、コメント読んだの？　早速買ってみたけどあんまりおいしくないね、豆乳って」

でも、肌に良さそうだから時々飲もうかなー、と言いながら、内田くんは飲み干した豆乳のパックにストローを押し込み、綺麗に折りたたんだ。そのたたみ方は私たちの中学で指示されていたやり方だった。

二人とも食べ終わったので、私は家から厳選して持ってきたＣＤと文庫本を取り出してその場に広げた。

「これは二十年くらい前に流行った渋谷系の名盤ね、結構定番なんだけど有名だからババアでも何となく知ってるはず。そんでこの小説は結構古いフランス文学で、何年か前にミシェル・ゴンドリーが実写化しててーその映画の主演は」

「ちょっと待って待って全然覚えらんない」

「ちゃんと覚えてよ。ブログにアップするんでしょ」

「無理。覚えらんない。データで送って」

甘ったれんなよなー、と言いながらも、頭の中で文章を組み立て始める。電車の中でテキストを作成しよう。

「だいたい、実写化したやつはミーハーなんじゃなかったの？」

「ミシェル・ゴンドリーは大丈夫なの！」

だってウィキペディアによるとミシェル・ゴンドリーはヴェルサイユ出身だよ？　ヴェ

ルサイユ出身なら大丈夫でしょ。多分。

そこへ、あー種村さんだ、こんなとこで何してんの、とギターケースを背負った石関くんが通りかかった。結局軽音楽部に入部した石関くんは、これから部室に向かうのだという。内田くんを見やって、なに、彼氏？ と聞かれて、や、モト中一緒の子、と答える。種村さんクラスに友達いないもんなー！ と笑う彼に、いるし！ と足下の砂利をつかんで投げつけた。

「あのさー、女子の先輩がやってるバンドのベースが最近抜けたらしいんだけど、種村さんどう？ 椎名林檎とかジッタリン・ジンとかよくコピーしてるバンドでさ、種村さんどうせそういうの好きでしょ。先輩に、こないだ一緒に新歓ライブに来てた子楽器できんじゃないのかーってせっつかれてんだよね」

「でも私、ベースやったことない」

「最悪ギターでもいいって言ってたよ、まあ気が向いたら言ってよー」

じゃーねー、と言ってスニーカーの踵を踏み潰している石関くんのぺたぺたうるさい足音が遠ざかると、もともと静かだったこの場所がいっそう静まり返って思えた。内田くんは所在なさそうに豆乳のパックをひたすら押しつぶし、極限まで薄っぺらくしていた。エコだね。

「……そういえば、土曜日のライブ、最前列に内田くんの熱狂的なファンの人いたね」

「名前まで把握してるんだ」

「ああ、祥子さん？」

「僕のファンはあんまり多くないからね、名前と顔はしっかり覚えてるよ。特に祥子さんは毎週土日来てくれるし。おとといブログに載せた紅茶も祥子さんがくれたんだよ」

「そうなんだ」

「でも祥子さんは変わった人なんだ。一回寝た人ってだいたい身内ヅラしてライブも後ろの方で腕組んで観たり、店の外でばっかり会おうとしたりするようになるんだけどね」

寝た？　私は面食らって内田くんを凝視する。内田くんは心なし誇らしげな顔をした。

「僕らはしょせん売れない地下アイドルだし、全然お金がないんだ。拘束時間は長いけど、時給に換算したら僕なんかコンビニのバイト以下かもしれない。そんな中でやっぱり援助してくれる人は貴重だから、素直に大切にしようって思えるよ。女の人が喜ぶようなことも少しずつわかるようになってきたし。僕は実家住まいだからまだいいけど、一人暮らししてるメンバーはしょっちゅうストーカーまがいのことされて大変みたいだね」

向かいのマンションに引っ越して来られたりとか、近所のスーパーでよく会うとかさ、と笑いながら話す彼の、今まで小動物みたいだと思っていた華奢な指やいびつな歯並びが、たちまち別の意味を持つ得体の知れない部分のように思えてきた。私よりずっと長く濃いまつ毛が瞬く度にかすかな音を立てる。予鈴《よれい》がなったのをいいことに、普段はだらだらと教室へ向かうのに急いで立ち上がり、今日当たる日だから予習しなきゃいけないんだった、と言ってそそくさと教室に戻った。

『今日のお弁当☆アオイ☆

今日のお弁当はプーさんのキャラ弁でした！
僕って結構いいパパになれるんじゃない？（笑）
でもこれつくってたせいで遅刻しちゃったのはナイショ～（笑）
最近は小沢健二さんの曲をよく聴いています。
これ、二十年前のアルバムとは思えない！
良いモノは廃れないいんですねぇ～。
僕は特に「ドアをノックするのは誰だ？」が好きで、お風呂でよく歌ってます。
サビのとこ早くてカミカミになっちゃうけど！　妹に下手だってバカにされるけど！
☆☆アオイ☆☆』

「アオちゃんのプーさんめっちゃ上手～！　お嫁に来てほしい♪　遅刻はダメですョ！」
「そのアルバム、青春時代に私もよく聴いていました。アオイくんは素朴な雰囲気が少しオザケンに似てるかも知れませんね。最近肩こりがひどいので、明日は整体に行こうと思います。行きつけの、感じの良い整体師さんがいるところに行きます。女性です。祥子」
「私はキティちゃんのキャラ弁が得意だよ！　でもうちの娘の保育園では、不衛生だしイジメの原因になるからってキャラ弁禁止になっちゃった！　ちぇっ」

雑誌によく載っている「原宿お買いものMAP」はすっかり頭に入っていた。東京に住んでいる子よりも知識は多いくらいかも知れない。竹下通りの古着屋をはしごして、ラフォーレ原宿の全てのフロアをまわる。部活に入らなかったかわりにファミリーレストランでアルバイトを始めたけれど、セール期間以外に自由に買い物できるほどの余裕はない。高くて手が出なかったワンピースが頭から離れずにため息をつく。メルカリに似たようなやつ安く出てないかなあ。出てないだろうなあ。これでバンドなんか組んでいたらもっとお金が必要だったろう。でももし部活に入っていたら、休日にウィンドウショッピングに付き合ってくれる友人もすぐにできたのかも知れない。ひとりだな、と不意に思う。

クラスメイトの過半数は生まれも育ちも東京で、中には実家が赤坂だという子もいた。赤坂ってテレビ局があるとこなのに人が住んでんだって驚いた。そういう子に限って、たまに私服で登校してくる日はラフなTシャツにユニクロのデニムなんか穿いていて、全然ファッションにがっついてないみたいだった。ただ、入学祝いに親から貰ったのだという腕時計は高価なものだったりした。

　育ちの良いクラスメイトたちは、私のことをオシャレだねとは言わずに服が好きなんだねと言う。

　ストリートスナップの撮影が頻繁に行われているはずの場所を通る時、心持ちゆっくり歩いてみたり、人待ち顔で立ち止まったりしてみたけれど、特に何も起こらなかった。普段より主張の強い自分の服装がビルのガラスにうつる。真っ赤な薔薇柄のスカートは初めてのアルバイト代で購入したお気に入りだ。ガードレールに浅く腰かけ、足を伸ばす。地元のハードオフで三千円で売ってたボロいドクターマーチンは、サイズが合ってなくてすぐに疲れてしまう。

　スマートフォンを取り出し、内田くんのブログの最新記事とそのコメント欄をチェックする。思惑通り、内田くんはファンの間で文化系男子として認知され始めたようで、コメントの数も以前よりずっと増えていた。中には、長文でアオちゃんはセンスが良いと賞賛しているようなコメントもあり、思わず口元が緩む。気に入ったコメントはスクリーンショットを撮って保存するようにしている。

　黒いジャケットを着た茶髪のお兄さんが「今ちょっと時間ありますか？」と声をかけてきたが、ヘアサロンのキャッチセールスだった。せめてナンパだったら良かったのに。それでも邪険にすることはできず、持ち合わせがないからと断ろうとすると、こちらの指定する髪型にしてくれるのであれば格安で施術すると言うので、原宿の美容院で髪を切られてみるのも悪くないと思ってついていった。前髪さえ短くなりすぎなかったらあとは何でもいいです、と美容師に伝えると、前下がりのショートカットに切られたあと、グラデーションのかかった金色をベースにピンクのメッシュをいくつも入れられ、思わぬ刺激に頭皮がひりひりと痛んだ。ストリートファッション誌に載っているような髪型になったのはいいけど、こんなのきゃりーぱみゅぱみゅしか似合わないんだよ。

美容院を出て明治通りを歩き、渋谷ＰＡＲＣＯにたどり着く。地元のファッションビルにも入っているブランドでも、ラフォーレ原宿や渋谷ＰＡＲＣＯにあるというだけで陳列や内装が洗練されて見えた。渋谷はほかに見るべきところが思いつかず、とりあえず原宿から渋谷まで歩いたという事実に満足して埼玉に帰るべくＪＲのホームに向かった。渋谷駅はハチ公前の改札から埼京線のホームまでが遠くて、山手線のホームにある階段をのぼってさらに動く歩道を二回超えないと電車に乗れない。わかっていたことなのに今日はそれが許せず、やってきた山手線に流されるように乗り込んだ。

私は原宿が好きだ。みんなして明日のことなんか考えたことないような顔して思い思いの服を楽しんで着ていて、歩きづらそうな厚底で闊歩している原宿が好きだ。あそこを歩いている人間は、もしかしたらほとんど東京の人じゃないのかもしれない。東京の人は、わざわざ人の多い竹下通りなんて歩かないのかもしれない。

埼玉から東京までの通学定期を握りしめ、それでも私は、東京と地続きの県に生まれ育って良かったと思う。

路線図を見ると原宿のほぼ反対側に秋葉原の駅があった。

山手線に三十分近く揺られて、秋葉原で降りる。例のカフェに入って一時間分のチャージ代金を払うと、お目当ての男の子はいますか？　と聞かれたので「特にいません」と答える。日曜日は基本的にメンバー全員が出勤しているせいか、店内はほとんど満席だった。私が通された二つ向こうの席に見覚えのある女性が座っていた。祥子さんは、今日は大ぶりな緑の耳飾りをつけている。首元と手元を盗み見て、この人抜かりない化粧してるけど、実際私の母親くらいの年齢なんじゃないか？　と思う。

私のもとにコーヒーを運んできた内田くんは「種村さん？」と目を丸くしてカップを置いた。

「びっくりしたあ。何だかずいぶん思い切った髪型にしたね。すごくオシャレ」

「原宿でカットモデルになってきたの。ねえ、今日何時まで」

「上がり？　八時だけど」

私は声をおさえて言った。

「じゃあ一緒に帰ろ。向かいのマックで待っとく」

内田くんのあからさまに困った顔も祥子さんのじっとりした視線も全部気づかないふり

をしてコーヒーを啜る。やっぱりコーラにしておけばよかったかなと思った。

マクドナルドの固くて小さい椅子に座って待っていると内田くんがやって来て、弱者まるだしの目をして「こういうの、困るんだけど」と言った。「ほかのお客さんに見つかったら面倒なことになるし。実際今日祥子さんに彼女なのかとかいろいろ聞かれたし」内田くんがブログに載せる自撮りは、たいてい歯並びを隠した微笑みか口をすぼめた媚び顔のどちらかだけれど、今みたいにぶたれる三秒前のような顔を載せたら人気が出るんじゃないかと思った。握手会じゃなくてビンタ会でもやったらいいのに。「ごめんね」とおざなりに謝ると、「絶対悪いと思ってないでしょ」と幾分語尾を強めたのがまた弱そうだった。秋葉原から私たちの生まれ育った埼玉の街まで、二回乗り換えて一時間ちょっとの道のりを、取り立てて話すこともなく、ただ黙って電車に揺られた。途中で目の前の席が空いたので座れば、と促すと、大人しく座ったので気を良くした。私は歩き疲れて足が痛かった。

最寄り駅に着いても黙々と歩き、しかるべき分かれ道で、じゃあ僕はこっちだから、と歩き去ろうとする内田くんの袖を軽く握って制した。またあの困った顔を見られるかと思ったのに彼の顔には表情がなかった。初めて見る顔だと思った。もっと困れよ。もっと困って、下手に出て、私に命を握られてるみたいな顔をしてよ。

しばしの沈黙ののち、「まだ帰りたくないの？」と子どもに向けるような声で内田くんは言い、私は頷いた。このあたりはほとんど街灯もなく、草木のにおいばかりが鼻につく。「セックスしてみたいってこと？」穏やかな声色の、しかし率直で不躾な物言いに頬が熱くなる。軽く振りほどける程度の卑怯な引き止め方をしている私は、誰かに頭を撫まれてるみたいにこっくり頷いた。内田くんは、ふうん、とふうむ、の間みたいな音のため息をつき、つかまれた袖を軽く揺すった。
「いいけど、種村さん、ベッドの上では何でも僕の言う通りにしてくれる？」内田くんは、袖をつかんでいる私の手を両手で包んだ。私の手の方が無骨で色が黒かった。「僕は普段お姉さんたちとするとき、いつも言うことを聞いてばっかりだから」と言って薄く笑うその表情も、私はブログで見たことがない。

翌日の放課後、私は内田くんの部屋にいた。中学校が同じだったからだいたいどのあたりに住んでいるかというのは見当がついていたが、この学区の中では比較的小綺麗な、同じようなかたちの住宅が整然と立ち並んでいる一角に内田くんの家はあった。掃除の行き届いた階段を上がって自室のドアノブに手をかけた内田くんは、ゆうべ僕が言ったこと覚えてる？　と私に確認した。覚えてるよ、と答えると、わかった、と言って彼は私を部屋に入れた。

内田くんの要求は具体的で執拗だった。指や舌の動きを明確に指示した。私が受け身になる場合でも、自由にしていい部分や行動をきっちりと指定して、それに従えなかったときは逐一咎めた。内田くんはずっと諭すように穏やかな声を保ち続けていたけれど、私が彼の求める水準になかなか到達できないときは、頰や腿を容赦なくはたいた。はたかれることで不思議とうまくできるようになることもあった。内田くんも、ババアにはたかれながら指導されたのだろうか。自分より華奢な男性の前に裸を晒しているばかりか、愚鈍に服従している羞恥はいつまでも薄れず、じくじくと私を苛み続けた。

私にとって、これは映画や小説の中でしか知らない行為だった。綺麗に華々しく描きやがって、こんなにみっともなくて滑稽じゃないか。誰も教えてくれなかった。

どのくらい時間がたっただろうか、汗ばんで息も乱れた私とは裏腹に、内田くんは変わらずさらりとしていた。私は幼い頃に父や親戚のものを見たきりなので、一般的なサイズというものはよくわからないが、内田くんの男性器は勃起した状態でもかなり小さいように思われた。それでもいざ挿入されたときには股間に裂けるような痛みが走り、思わず「ねえ、本当にいれるのそこで合ってる?」と聞いてしまったが、内田くんは答えなかった。痛い、ねえ痛い、ちょっと待って、と訴え続けるも、「今喋っていいなんて言ってないよね」と有無を言わせず腰を動かし続けた。まだ口を開こうものなら強めに頰をはたかれた。そこで初めて涙が滲み、泣いていると思われたくなくて目を閉じた。それすらも内田くんに見咎められ、目のやり場まで矯正された。

　内田くんが何の前触れもなく射精し、避妊具を処理し終わると、「もう自由にしていいよ」と全ての終わりを告げた。内田くんは横たわったまま息を整えている私の金色の髪をなでるよりももっと曖昧に触り、「猫の毛みたいな色だね」と言った。解放された私は、今すぐ力の限りこいつの頬をひっぱたいてやろうかと思った。そうすればもっと愚直に彼を愛しく思える気がした。

　事後は眠くなるということも私は知らなかった。頭の中で誰かが丁寧にカーテンを引こうとしているかのようだった。気を抜けばそのまま眠り込んでしまいそうにとろみのある意識の中で、内田くんは「種村さんが色んなもの馬鹿にしながらもがいてるの、結構かわいいと思うよ」と言った。私が「朝起きたときと、夜寝る前だったらどっちがすき？」と聞くと、内田くんは「寝る前に決まってるじゃん。みんなそうでしょ」と言った。

犬は吠えるがアイドルは続く

「この男を困らせてやろうと思って始めた。初めはただの意地だった」

希《のぞみ》の二万字インタビューは、この文章から始まっていた。

★

「君は誰より輝いているね。ぜひ一度レッスンを見学しにおいで」

原宿のクレープ屋で、私の後ろに並んでいたおじさんにそう言われた。中学三年に上がる前の春休みだった。

総柄の派手なシャツを着た、金持ちにも貧乏にも見える男だった。その男は、苺とチョコとチーズケーキが入っている贅沢なクレープを購入し、食べながら去っていった。私は友人と二人で一つ買ったクレープを持ってガードレールに寄りかかり、その男の後ろ姿が人ごみに紛れて追えなくなるまで見ていた。

「何あの人、超怪しい」

一緒にいた友人は、私だけが声をかけられたことに幾分気を悪くしたようだったけれど、私が手渡された名刺を見るなり納得したように笑い出した。

「なあんだ、この事務所、男の子のアイドルグループで有名なとこだよ。のんちゃん、男の子に間違えられたんじゃない？」

それもそうだ、女の子をスカウトするつもりだったんなら、私ではなく彼女に声をかけるはずだった。彼女は私なんかよりもずっと可愛くておしゃれで、男子にも人気があった。当時の私は眉を整えることも知らず、切りっぱなしのショートヘアで、部活帰りのウインドブレーカーを着て原宿を歩いていたのだった。少しでも期待してしまった自分がバカらしくなって、翌日学校でどうやって面白おかしく話そうか、ということでたちまち頭がいっぱいになった。

何週間後かに、ふと思い立ってレッスンを見学しに行ったのも、話のタネにできたら面白いかな、と思ったからだった。私に声をかけたおじさんは、よく来たね、と大袈裟に喜んで、私をレッスンルームに連れていった。そこでは、自分と同じくらいか、もっと年下らしい男の子たちがたくさん踊っていて、正直気味が悪かった。おじさんが姿を見せたとで、部屋中の空気が緊張したように思えた。おじさんは、君も混ざってみなさい、と言って、その群れに私を放り込んだ。私は小二からやってるバスケで鍛えたスポ根少女のプライドがあったから、チャラチャラ芸能活動の真似事してるガキどもより動けないわけないと思って、インストラクターの見よう見まねで一生懸命踊ったけれど、自分の思い描くイメージに身体がちっともついていかなかった。マラソンだって反復横跳びだって、体育ではいつもクラスで一番だったのに、自分の身体がこんなに不自由だってことをその時初めて知って、ダンスって面白いって思った。踊り疲れてレッスンルームの床に寝そべった時、床がひんやり冷たくて頬が気持ち良かったこと、今でも鮮明に思い出せる。

帰り際、おじさんは私の手を両手で握ってこう言った。

「僕が保証する。君はきっとトップアイドルになれる。君がそう望んで、しかるべき努力をし続ければ、世の中の女性は君に熱狂するようになるだろう」

トップアイドル、熱狂。何もかもが私にはピンと来なかった。ただ、この男が適当なことを言っているようにも思えなかった。

「絶対？　約束する？」

「ああ、絶対だ。約束しよう。君が、精一杯努力し続けるならね」

「私が女でも？」

おじさんは目を丸くして、視線をそっと私の胸元まで下げた。おそらく、その平地からは何も見出すことができなかったろう。それでもおじさんは、動揺をおくびにも出さずに私と目を合わせて、再び「絶対だ」と言った。あの時おじさんが、私が女だってことに気付いて少しでも慌てた素振りを見せたら、それで満足して私はアイドルになんかなってなかったと思う。私は別にアイドルに憧れていたわけじゃなかった。このうさんくさい自信家のオヤジを、とことん困らせてやりたかった。私は、「じゃあ私をトップアイドルにしてよ。約束だよ」と言った。初めは、ただの意地だった。

☆

雑誌の表紙には、シャワーを浴びた直後のように水を滴らせている希の写真に、「non-《ノン》chalant《シャラン》　鳥海《とりうみ》希　二万字インタビュー　アイドルはどこへ行く?」という見出しが入っていた。

希はアイドルに憧れたことなんてなかったって言うけど、あたしは物心ついた時から一秒も途切れずアイドルに憧れ続けていた。幼稚園の頃からアイドルのトレーディングカードを何百枚も持っていたし、彼女たちが出演する歌番組を録画して、食い入るように繰り返し見た。小学校高学年になると、ネットでアイドルグループのオーディションを検索しては片っ端から受け、軒並み落ちていた。

中学三年生になって、いい加減アイドルなんて言ってないで真面目に勉強しなきゃな、と思い始めていたところに初めて受かったのが、男性アイドル専門事務所として知られていたロージィエンタテイメントの「女子一期生募集オーディション」だった。それは実質「鳥海希の相方オーディション」だったことを、あたしは遠からず知ることになるんだけど。

初めて希に会った時、あたしは思わず「何こいつ、男子じゃん」と言ってしまった。「え？　こいつと、二人？　嘘でしょ？」希を指さして振り向くと、カメラを持ったスタッフがわざとらしく笑った。この時の映像は、のちにデビューする時の特集で何度も放映された。アイドルっていうのは、自分と同じくらいの年齢の女の子が最低でも五人はいて、それぞれ赤とか黄色とかメンバーカラーが割り当てられていて、目標に向かって団結して頑張るもの。あたしはそういうのを思い描いていたし、憧れていたのだった。

あたしは希の隣に座らされ、希に言わせれば「うさんくさい自信家のオヤジ」であるところの社長から今後の説明を受けた。あたしたちのユニット名は、希と蘭《らん》だから「non-chalant」。フランス語で、「のん気」とか「お気楽」とかって意味だと聞かされたけれど、その後自分で調べてみたら、「無関心な」とか「冷淡な」って意味ばかり出てきて、何だかなあと思った。響きだけで適当に決めたんだろうな、と。二人しかいないとはいえ、あたしたちも一応イメージカラーを割り当てられた。あたしが白で、希が黒だった。あたしは、その日まで自分は何色のメンバーカラーを担当するんだろうかと想像してわくわくしていたのだった。なのに、白と黒って、さあ。

社長の隣には、目が小さくて顔の丸い、狸みたいなおじさんが座っていて、彼はあたしたちのマネージャーだと紹介された。当時の彼はせいぜい三十半ばかそこらなはずだから、本来おじさんと呼ぶのは憚られる年齢だったのかもしれない。でも、十五歳のあたしにとって、マネージャーのマルちゃんは紛れもなくおじさんだった。若い子の考えることはよくわからない、とか言いそうなおじさんだった。ていうか、実際時々言ってた。マルちゃんが着ていたクリーム色のさえないトレーナーを見やって、あたしの心は少し翳った。

希と初めて会った日からおよそ半年後のデビューシングル発売日まで、あたしたちは寮に入れられて毎日夜遅くまで過酷なレッスンを受けた。絶対アイドルになってやると思って生きてきたあたしは、形はどうあれアイドルとしてデビューすることが決定していると思うと全然苦じゃなかった。ただそこに向かって突き進めばいいだけだった。何も考える必要がなかった。

むしろ、学校にいる時間の方が苦痛だった。疲れた頭に授業なんてちっとも入ってこなかった。あたしが芸能活動をしていることは噂になっていたけれど、それを好意的に受け取る者は少なかった。中学生は排他的で、あたし自身もご多分に漏れずそうだった。

あたしたちは社長に「新時代のトップアイドル」になれと耳にタコができるほど言われ続けていた。そのために、しかるべき努力を重ねろと。望むところだと思っていた。非の打ち所のないアイドルになりたかった。レッスンの度に、もっとうまくなりたい、と強く思った。

一日のメニューを全て終えると、二人部屋で寝る前に腹筋をするのが日課だった。これも社長から言いつけられていたことだった。毎日二人で腹筋をしろ。それも、できるだけ会話しながら腹筋すること。バスケ部で毎日しごかれていたという希の腹筋は、出会った時からすでに割れていた。あたしは希の足の上に乗っかって、ごつごつした膝を抱えた。希は、腹筋しながらでも充分会話することができたけど、あたしは二十回を超えると苦しくてほとんど口がきけなくなってしまうのだった。

両手を頭の後ろで組み、軽々と身体を起こしながら、希はあたしに言った。

「ねえ、何で蘭はアイドルになろうと思ったの?」

「何でって……ずっと夢だったからだよ。理由なんてない。希は?」

「何でだろね。気づいたらこーなってた」

ふうん、変なの、と言うと、希は、そー、変だよねー、と笑って言った。笑っても腹筋のペースが落ちないのが悔しかった。

★

子どもの意地で始めた芸能活動だったから、寮に泊まりきりで猛特訓を受けている間、何度もやめてやると思ったし、実際に一回逃げ出そうとした。ある日、もう我慢ならない、今日こそ出て行ってやると決意して、夕飯の後、「ちょっとコンビニ行ってくる」って言って寮を出ようとしたら玄関まで蘭が追いかけてきて、「逃げんじゃねーよ」と言われた。

図星を指された私は咄嗟に「は？　何言ってんだよ。ついてくんじゃねーよ」としらばっくれた。そのまま外に出ようとすると蘭に腕を強く摑まれて、「そんなんでトップアイドルになれると思ってんのかよ！」と怒鳴られた。この女、マジで何言ってんだ？「うるせーんだよ、離せよ！」と言って手を振り払おうとしても、蘭の力が思いのほか強くて離してもらえなくて、挙句の果てには腕をぐっと引っ張られてそのままグーで頰を殴られた。そこからはもう、「何すんだよ！」「てめーが甘ったれてっからだろ！」って大喧嘩になって、寮の玄関で蘭に馬乗りになって前髪を摑んでひっぱたいた。じきに大人たちや男の子のレッスン生がぞろぞろ出てきて、力ずくで引きはがされた。私はもう意地になってて、「コンビニ行くっつってんだろ！」って用事もないのにコンビニに行ったら、心配してついてきたマネージャーに千円札を握らされて、これで蘭ちゃんにお詫びのおやつを買いなさいって言われた。私の怒りすら、もう私一人のものじゃないんだと思ったら馬鹿らしくなって、素直にアポロチョコを買って蘭に渡した。そしたらあの子、「ニキビできるから要らない」なんて言うもんだから、またひっぱたいてやろうかと思った。

その時の大喧嘩もちゃっかり撮影されてたことを知って、すげー怒ってたな、蘭。ちょっとした衝撃映像だよね、あれ。超野蛮なの。

今思えば、あの頃は色んなパワーが有り余ってたんだろう。

当時の蘭は全然体力がなくて、ダンスレッスンの後はただでさえ白い顔が一層青白くなっていた。それでも、なかなか歌が上手くならない私がボイトレの補習を受けている間、蘭は休んだりせずに一人でダンスの練習をしていた。寮の食事が口に合わなくて顔をしかめながらも、全部食べきるまで黙々と口に運んでいた。私しか見てない寝る前の腹筋も、一切手を抜くことがなかった。一回一回、あごが膝につくまで体を起こしていた。何がこの子をそうさせるんだろうと思った。この子が夢見ているアイドルって一体何なんだろう、私がなろうとしているアイドルって一体何なんだろうって。

☆

あたしたちのデビューは華々しかった。ロージィエンタテイメントから初の女性ユニットがデビューするっていうんでメディアは大騒ぎだった。

あの時の希は、まさに少年性と少女性のあわいにたちのぼる揺らぎのような存在だった。まるっきり美少年にしか見えない一瞬もあったし、美少女にしか見えない一瞬もあった。瞬きをするごとに性別が変わっていくような危うさがあった。その危うさは長続きしないと、誰もが感覚的に理解していた。それだから、みんな希に熱狂した。あたしは希のまっすぐなショートカットと切れ長な目と対照になるように、ロングヘアーをゆるく巻かれ、まつ毛のカールを強調するようなメイクを施された。

あたしは初めてステージに立った時のことを決して忘れない。吐き気をもよおすほど緊張していた筈なのに、そこに立った瞬間、自分はこの時のために生まれてきたんだと感じた。たかだか十五年しか生きていなかったあの時、本気でそう思った。

半年間、衣食住を共にしてレッスンに明け暮れたあたしたちのパフォーマンスは高く評価された。ステージにいる時のあたしたちは、髪の毛先から足の小指まで、お互いの全てを共有しているかのように動いた。二人の身体は二人のものだった。あたしの歌声を、希のやや低い声が下からそっと支えた。ステージの上で二人でいると、一人では行けないところまで辿り着ける気がした。

同時に、まだ足りない、とも思った。もっともっと上を目指さなきゃって。

毎日、マルちゃんがほとんど分刻みのスケジュールを一日の初めに説明した。あたしたちはその通りに動いた。翌日何をやるのかどころか、十分後に自分が何をしているかもはっきりわかっていなかった。歌番組の収録、雑誌の撮影、ＣＭ撮影、ダブル主演のドラマの撮影、インタビュー、新曲のレコーディングにダンスレッスン、ミュージックビデオの撮影、ライブのリハーサル……。デビュー前はきちんと通わされていた学校にも全く行けなくなった。あたしはそれが嬉しかった。早朝から隙間なく詰め込まれたスケジュールをこなしてくたくたになって眠る夜、身体は一分の隙もなく疲弊していたけれど精神は潑剌としていた。このまま燃え続けて死にたいと思った。

希は学校に行けないことを最初はひどく嫌がっていた。これ幸いと学校生活を早々に切り離したあたしと違って、希はほんの数時間でも余裕があれば学校に顔を出したがった。マルちゃんに頼み込んで、心を弾ませて学校に行った希は、戻ってくると毎回機嫌が悪く、むっつりとしていた。かつて希がアイドルになる前に、彼女の居場所であった学校はすでに存在しないのだった。疎外感に打ちひしがれるくらいなら行かなきゃいいのに、と思った。なだめすかすマルちゃんに八つ当たりした挙句、その後の仕事に身が入らない希に苛立って、「そんな不機嫌になんだったら学校なんか行くんじゃねーよ、無駄だろ」と言うと、希は読み合わせをしていた台本を足下に叩きつけ、「いいよね、友達がいないやつは。失うものがなくて」と言った。かっとなって振りかざした拳を希にぱしっと受け止められて、そのままふり払われた。その一連の動作があまりになめらかだったので、あたしの怒りはにわかに失せた。あたしの突発的な動きに馴染む希を誇らしく思った。何だかおかしくなって思わず笑い出すと、希も「変なやつ。蘭の感情の振れ幅ってわけわかんない」とつられて笑った。傍らでマルちゃんは終始オロオロしていた。希はやがて無理して学校に行こうとすることをやめて、淡々と目の前の仕事に向き合うようになった。不機嫌になることも減ったけれど、ふとした瞬間に感情のない目で宙を見つめている姿が目につくようになった。

あたしたちにはいよいよお互いしかいなくなった。あたしはずっと憧れていたアイドルになれたことが嬉しくて、自分の環境に感謝していたけれど、周囲の大人たちを心から信頼していたかというとそんなことはなかった。口には出さずとも、あたしは自分が希の添え物だということや、アイドルというのは商品であるということをはっきり理解していたから、大人の甘言や建前を深く受け止めすぎてはいけないと感じていた。あたしよりずっと人懐っこい希も、上手に大人に甘えたりわがままを言ったりしながら、常に小さく抱いている警戒心を手放すことはなかった。あたしたちは弱い存在だということを自分でしっかりとわかっていて、だからせめて団結するしかなかった。やられてたまるもんか、と強く思っていた。何に対してそう思っていたのかは今でもよくわからない。

あたしたちは、何せ一緒にいる時間が長かったから、言葉遣いや思考も似てきて、目を合わせてにやりとするだけで意思が通じることがあった。二人の間でしか通用しない言い回しや擬音が増えた。体のどこかを触れ合わせていることが多かった。仮初《かりそ》めに思えるものが多い日常で、お互いの体温やかすかな体臭は、二人にとって数少ない確かな真実だった。

デビューしてから一年近く続いた忙殺の日々はある時音もなく終わり、過密スケジュールに慣れていたあたしたちは拍子抜けしてしまった。新曲を出すごとにチャートの順位は下がっていった。無理をしなくても希は学校に通えるようになった。もともと男性アイドルを専門としていたロージィエンタテイメントは、女性アイドルをどのように売り出せばうまくいくのか、そのノウハウを持っていなかった。事務所はあたしたちを早々に持て余したのだった。コンサート会場は満員にならず、ＣＤの初動売上は落ち続け、希は遅い初潮を迎えた。事務所の同年代の男の子たちの身体が、希とは全く異なる形で骨ばり、太くなっていくのをあたしたちは目の当たりにしていた。どこから見ても綺麗な男の子のようだった希は、ついに後ろ姿でも女性とわかるくらいになっていった。出会った頃からは信じられないことだった。鳥海希の成長は、ノンシャランのセールスポイントの喪失でもあった。希はそれに気づいていただろうか。

★

家のテレビに映る自分を見るのは妙な気分だった。そこにいるのは紛れもなく私だった。自分よりもずっと年上の大人が大勢私に熱狂しているということがなかなか理解できなかった。ただ、自分の隣で笑う蘭はすごく綺麗だと思った。

朝から晩まで仕事が詰め込まれていたのに、私は自分がアイドルなんだっていうのがどうもピンと来なくて、大人に指示されるがままに日々を消費していた。何だか色んなことが嘘くさく感じた。自分がカメラの前で笑うことでお金が発生する意味がわからなかった。ひとつひとつの仕事が嫌だったわけじゃない。私が笑って手を振ったり、ウインクしたりするだけで歓声が上がって、人に欲されているとストレートに実感できるのは気持ちのいいことではあった。練習すればするだけ、歌もダンスも笑顔も上手くなっていって、それなりに達成感もあった。でも、何かを積み上げているという実感はなかった。全てがすごい速さで私を通り過ぎていくのだった。ある日突然社長に呼び出されて、はいアイドル体験お疲れ様でした、じゃあ明日から元通りただの中学生です、って言われる日が来るんじゃないかなって、忙しさに身を任せながら本気で考えていた。今ちょうど給食の時間かな、とか、そろそろ大会近いんだろうな、とか、普通に学校に通っている自分の姿を仕事中によく想像していた。

学校に行ける日は本当に楽しみで、前日からそわそわしていたけれど、実際に登校してみると、何だか私だけぽっかり浮いているように感じて落胆した。友人たちの態度がデビュー前とどう変わったかっていうのは明確にはわからなかった。もしかしたら、私以外は何ひとつ変わっていなかったのかもしれない。以前と同じように馬鹿話をして大笑いできたし、親しい友達によそよそしい態度を取られることもなかった。ただ、このクラスは普段私抜きで完結している世界なんだっていうのを思い知らずにはいられなかった。スケジュールを調整してもらっても、学校にいられる時間は長くて二時間かそこらで、そんな僅かな時間じゃ中学生の自分を取り戻すことはできなかった。私が仕事している間、友人たちにも平等に時間は流れているのだ。そういう当たり前のことがどうしようもなく悔しかった。

特別なアイドルの自分と、平凡な中学三年生の自分っていうのを、どっちも手放したくなかったのだ。両方うまいこと手に入らないのは仕方ないことなのに、あの時は、それがすごく理不尽で、ひどい目にあわされてると感じてたな。

気が狂うほど忙しい期間はふっと終わりを告げて、高校に上がる頃には、無理をせずとも学校に通えるようになっていた。しかし、その頃には取り立てて学校に行きたいとは思わなくなっていた。時間に余裕ができたから、同じ事務所の男の子とも仲良くなっていった。男の子たちに、なぜアイドルになろうと思ったのかと聞くと、みんな「何となく」とか「姉ちゃんが勝手に応募した」とか曖昧なことを言うので、自分だけじゃないんだって安心した。

☆

事務所の大人たちも両親も、人気の低迷をあたしに直接告げることはなかったけれど、自分の肌で痛いほど感じていた。それを希や両親の前で口に出してしまうと、何か取り返しの付かないことになってしまいそうな気がして、まるで気にしていない振りをしていた。ノンシャラン、ノンシャラン。「まあ、一喜一憂したってきりがないし、あたしたちは今できることを精一杯やるだけなんで」なんつって、インタビュアーに「今あなたたちは落ち目ですがどう思いますか？」って聞かれた時用の回答をきちんと準備していた。こんなこと聞いてくるやついないけど。

その実かなり苛立っていたあたしの鋭利な気持ちの矛先は常にマルちゃんだった。あたしはマルちゃんと二人きりになると、どうしても嫌な女の子になってしまった。

「どうせマルちゃんもあたしより希の方が好きなんでしょ。売れないアイドルの面倒見させられてうんざりしてるくせに。貧乏くじひいたと思ってんでしょ」

意地の悪い言葉を手榴弾みたいに投げつけられたマルちゃんは、毎回困ったように笑う。この可哀想な生き物をどうしてあげたらいいんだろう、って考えているような表情、あたしはその顔をされると惨めさと愛おしさでたまらない心地になる。マルちゃんに暴言を吐いてしまった日の夜は、眠りにつく前に彼の表情が否応なく浮かんできて、情けなさで息がしづらくなってしまうのだった。こんな頑是《がんぜ》ない振る舞いをして、ひとつも良いことがないのは充分わかっていた。それでもどうしようもなかったのだ。

音楽業界は盛り上がらず、CDが売れないのもしょうがない。別にあたしのせいじゃない。あたしはこのままどうなっていくのだろう。アイドルになることをずっと夢見ていた。でもあたしのイメージは、アイドルになって、大勢のファンの前で歌って踊るところで終わっていた。あたしはステージを降りたらどうなるのだろうか。アイドルを辞めても人生は続くってことを、あまり考えたことがなかった。人気を博した国民的アイドルが十代のうちにグループを卒業していくことに、何の疑問も持たなかった。もしかして、人生って結構長いんじゃないか？　ということに気づくと末恐ろしくなった。勉強ができるわけでも気の利くわけでもないあたしは、半端に顔と名前の売れたままで、気が遠くなるほど長い残りの時間を、一体どうやって生きていけばいいんだろう。

あたしと希は一緒にいる時間に多くの話をするけれど、会話の内容はいつもその時々の面白かったこと、たとえばマルちゃんが恥ずかしい言い間違いをしたとか、あるいは、買っても買ってもリップクリームを失くすとかそういうくだらない不満ばかりで、先のことは語り合わなかった。あたしたちは、お互いが思い描いている未来に何か致命的な隔たりの気配を感じていて、その全貌が明らかになるのを恐れていたのかもしれない。少なくとも、無邪気に「ずっと一緒だよね」って言い合えるような二人ではなかった。それはある種の誠実さであったとは思う。

あたしは十七歳になっていた。幼い頃に憧れていたアイドルたちが、涙を流して華々しく卒業していった歳だった。卒業って何だ？　アイドルは学校なのか？　いつかは終わりにしなければいけないものなのか？　アイドルを辞めることに、「卒業」という何となくおめでたくて口当たりのいい言葉を使うのは卑怯だと思った。あたしは絶対卒業なんてしない。いつか、「色々辛いこともあったけど、今思えば全部が良い思い出だね」ってアイドルだった日々を振り返る時のために、卒業なんて言葉を使ったりしない。

あたしはまだアイドルとして、何ひとつ全うしていない。あたしが夢見ていたアイドルはこんなもんじゃない。

あたしの努力を誰よりも近くで見ていたのはマルちゃんで、自主トレなんだからわざわざ来なくていいよって何度も言っているのに、毎日のように顔を出し、ドリンクを差し入れてくれた。一人黙々と踊り続ける部屋の隅で、音楽を止めたり巻き戻したりしてくれた。あたしは「マルちゃんそんなに暇なの？」なんて憎まれ口を叩かずにはいられないのに、いざ彼の姿が見えない日があると、今日は希の世話をしてるのかな、と白けた気持ちになった。あたしたちは、かっこいいノンちゃんかわいいランちゃんと評されることが多かったけれど、マルちゃんだけはあたしのことをひたすらに「ランちゃんはとびきりかっこいいね」と言うのだった。

あたしは自分のためだけに頑張っていると思っていた。でも、マルちゃんに「かっこいい」と言われて甘やかな満足感を抱くようになってしまった。この人に喜んでもらいたい、と思うようになってしまった。自分以外の人間に捕らわれたくなかったのに。

あたしたちは淡々と、年に二枚ほどシングルを出して、年に一度コンサートツアーを行っていた。ある時ツアー先のホテルで、腹筋を終えて自分のベッドに入ると、それが当然の権利であるかのように希もぐりこんできた。

「もー、うざい！　自分とこで寝てよー」

「いーじゃんいーじゃん、今日美容液貸してあげたじゃん」

布団の中でもぞもぞと体勢を整えていた希がようやく落ち着いたのか動きを止めてふう、と一息つき、「ねえ、蘭は好きな人いるう?」なんてふざけた口調で聞くもんだから、「修学旅行かよ!」と笑って言った。

「こないださー、番組で一緒になった、同い年くらいの、何だっけ、あの五人組の男の子たち……ホントに弾いてんだかわかんないバンド編成の」

「わかる、あの四字熟語みたいな名前のグループでしょ」

「そうそう、そんであの、センターの、ユーリって子覚えてる?」

「えーどんなんだっけ……金髪?」

「違う、パーマ」

「わかった! 一番いけ好かない感じのー、ありえない量のスタッズついた靴履いてたやつ」

「あはは、そう、あの人を殺せそうな靴履いてたヤツ!」

「あの子がどーしたの」

「連絡先わたされちった」

「受け取ったの」

少し冷たい声が出てしまったことに自分で怯む。あたしたちは、異性の共演者に連絡先を教えてはいけないと言い聞かせられていた。それが守られるか守られないかは別として、そういうルールを大人たちは定めていたのだ。

「受け取った」

そうなんだ、と先程よりは少し明るく聞こえるように相槌を打った。

「だってさー、私の一存じゃ決められないと思ってさー……蘭に渡してほしいって言うんだもー」

「あたし？」

「そう、蘭のことかわいいって言ってたよ」

「かわいいって……」

あたしが怪訝そうな声を出すと、お？　なんだ？　見りゃわかるだろってか？　と希があたしの脇腹を乱暴にくすぐったので布団が乱れた。あとで渡すね、と希が言うので、捨てていいよ、と返す。

「えーもったいなくない？」

「男子、好きじゃない……子どもっぽいんだもん」

年上ならいいってこと？　という希の言葉に、あたしは言いよどんでしまう。

「ねえ、年上がいいならさー、マルちゃんは？」

ありえない！　と即答するあたしに、希は何で？　と語尾を遮るように言う。あたしは枕で顔を押し潰して、「……だってオッサンじゃん」とくぐもった声で答える。「えー、確かにオッサンだけどさー、太ってるしー、服も超ダサイけどー」希が歌うように喋る。

「でも私、もし自分がマルちゃんと結婚したら絶対幸せになれるし、マルちゃんも絶対幸せにできると思う！」

あたしたちは二人とも背中合わせに丸まっていた。あたしはろくに相槌も打っていないのに、希はずっとマルちゃんの話をし続けた。中には入れてもらえなかったけど、マルちゃんの家の前まで行ったことがあるとか、よく見るとつぶらな目をしてるとか、ほかの大人と違って、私らのこと、しっかり考えてくれてんだなーって思う、とか。

希が軽い気持ちで口にしたであろう「結婚」という言葉が、あたしには何だか途方もなく非現実的なものに感じられた。

寝返りをうって希の方を向くと、短く切りそろえられたえりあしと、骨が浮き出たうなじが眼前に現れる。産毛が少し生えている。

「私さー、普段かっこいいって言われることが多いけど、マルちゃんは絶対かわいいって言ってくれるんだー」

あたしは希の細長くてなまっちろい首を眺めながら、今あたしがこの女を殺したら、どのくらいニュースになるんだろ、って三分だけマジメに考えて、バカバカしくなってすぐ目を閉じた。三分間アイドル殺人事件。

デビューから二、三年目は、世間から注目こそされていなかったけれど雑音も少なく、あたしにとっては自分に集中することができた貴重な日々だった。しかし、高校三年に上がる頃、世界は再び音量を上げる。

秋葉原を拠点に活動していた地下アイドルグループが大ブレイクし、国民的アイドルにまで登りつめたのだった。「会いに行ける」「誰でもなれる」地下アイドルの台頭によってアイドルグループの数は急増し、後続のアイドルが次々に誕生していった。握手券やチェキ券と抱き合わせてCDを売る販売手法や、ほかのグループと差異化を図るために珍妙なコンセプトを付与されたアイドルたちがメディアを賑わせた。アイドルたちは、それぞれ好き勝手に揶揄され論じられ、そして忘れられていった。ネットニュースでは、連日アイドルたちの卒業、脱退、解散、枕営業、スキャンダル、SNSの炎上が報じられた。アイドルという言葉は肥大して、アイドルという概念に日本中が振り回されていた。アイドルの欲望とファンの欲望がぶつかりあって弾けて、あとに何も残らなかった。

当事者である筈のあたしたちは、その騒動をどこか他人事のように感じていた。何が「アイドル戦国時代」だよと思った。そうしてアイドル業界全体が奇妙な熱を持って拡大していく中で、ノンシャランがネットで取り上げられる機会も増えて行った。あたしたちの対照的なルックスや、大人数の編成のグループが多い中で二人組のユニットだということ、そして何よりライブパフォーマンスの質の高さに注目が集まったようだった。アイドルの絶対数が増えて、お粗末なパフォーマンスをテレビで恥ずかしげもなく披露するグループも珍しくなかった。そんな中で、あたしたちのデビュー当時の映像やライブ映像は動画サイトで繰り返し再生されて、大量のコメントが書き込まれた。ライブチケットも瞬く間に完売した。デビュー当時と同じ広さか、それ以上の規模のステージに立てるようになった。あたしたちは世間に「再ブレイク」したとみなされ、その理由をひもとく記事がいくつもネットに上がった。必ずといって良いほど言及されるのが、「男の子みたいだった鳥海希のルックスの変遷」と、「南野蘭《みなみの》のストイックさ」だった。あたしがデビュー前に、寮から逃げ出そうとした希を殴っている映像や、トレーニングに黙々と取り組む映像が掘り出されてネットでまとめられた。ネットは広いし力を持っていて、「ノンシャランのランの方がストイックすぎてヤバイ」とあたしのキャラクターはSNSや掲示板で雑に認識され、消費された。あたし単独でドキュメンタリー番組の密着取材の仕事が来て、その放映内容もまたネットで話題になった。年下のアイドルが、尊敬するアイドルを聞かれて「ノンシャランの蘭ちゃんです」と答えていたというのを聞かされることも増えた。目の回るような忙しさが舞い戻ってきた。急に半年先までスケジュールが埋まって、新曲の振り付けをほとんど休憩も取らずに練習した後、希は「あーバテた！　ひっさびさにバテたー」と言ってレッスンルームの床に寝そべった。あたしが「この感じ、なんか懐かしいね。気合い入れなきゃね」と言うと、希はしばしば天井を見つめ、勢い良く起き上がった。濡れて束になった髪から汗が飛んだ。そして希はあたしに向き直り、言いにくそうに、しかしきっぱりと言い渡したのだった。蘭、あのね、私、大学に行きたい。

★

「ともすれば、この四年間は、女性として君が人生で一番美しい時期といえるかもしれない。今、空前のアイドルブームと言われる中で、世間の注目が再びノンシャランに集まり出している。君たちがトップアイドルを目指す上で、この四年間は極めて大きな意味を持つだろう。それでも君は、大学に進学することを選ぶのか？」

社長の言葉に、「私はそれでも大学に行きたい」と答えた。私を男の子としてデビューさせた癖に、今さら女性としての美しさなんてものを持ち出す社長を勝手だと思った。さんざん私の胸を押しつぶして、髪を切らせておいて。

何をしに大学に行きたいの、と社長にも親にも友達にも百万回くらい聞かれた。別に、勉強がしたいわけでも、学歴を売りにしたいわけでもなかった。私は自分の人生の主導権を取り戻したかった。軽い気持ちで乗り込んでしまったアトラクションの降り方がわからないのだ。ハンドルが利かないその乗り物は楽しいし笑いっぱなしで、可愛い女の子と相乗りだった。降りたいわけじゃなかった。ただ降り方を知りたかったのだった。

高二の夏、バラエティ番組で貰ったペアチケットを使って蘭とディズニーランドに行ったことがあった。楽しかったな。徹底して夢を見せてもらえる空間で、私たちはただ心を委ねていればよかった。あるアトラクションの中で、私たちは甘いにおいのする紫がかったピンクの空気砲を正面から浴びた。私は自分の将来を思い描こうとすると、毎回必ず頭の中にあのスモークがかかる。何のにおいだかはっきりわからない、あの甘ったるいピンクの煙が思考を覆って、何だかよくわからなくなる。

あのアトラクションの床には目に見えるレールは敷かれていなくて、どこに進むかわからない。座席の前にハンドルはついているけれど、進む方向を自分たちで決められるわけではなかった。幻想的な照明とにおいの漂うあの空間で、私たちは既存のストーリーを背負い、揺さぶられて振り回されて、終着点に導かれる。

でも私の終着点は一体どこだっていうんだろう。

大学に進学することで、私ひとりが再ブレイクの機会を逃すのは一向に構わなかった。私の「人生で一番美しいかもしれない四年間」を、芸能活動に専念しないで過ごすことが損失だとはまるで思えなかった。私の決断を迷わせたのは蘭の存在だけだった。私は、蘭の野心と努力をずっと間近で見ていた。私の大学進学は、多かれ少なかれ蘭の足を引っ張ることは間違いなかった。それでも私は大学に行きたかった。大学に行って落胆することになっても構わなかった。大学生になりたかった。

大学に行きたいと打ち明けると、蘭は「いいんじゃない」と言うだけだった。「いいの?」と問えば、「いいも何も、あんたの人生なんだから」と言った。

踊り終わって冷めていた熱が、再び頬に集まるのを感じた。怒れよ、と思った。蘭にみっともなく怒って怒ってほしかった。その綺麗な顔を歪めて、細い腕を振りかざして、勝手なこと言うなって怒ってほしかった。私抜きでやってけると思ってんのかよ、余裕ぶりやがって。ふざけんじゃねえよふざけんじゃねえよふざけんじゃねえよな。

私は蘭に応援してほしいと思っていたはずだった。それなのに、いざ認められると、身体のどこに潜んでいたか知れない怒りが沸々と湧き上がってくるのだった。

私たちは、二人で走り続けてきたし、これからもそうだと思っていた。しかし、私が蘭の人生に責任を感じることは、ただの傲慢だったのかもしれなかった。わけもわからず飛び込んだ芸能界で、蘭をほとんど自分の半分のように思っていた。その一方で、この子は私のために用意された女の子なのだと驕《おご》ってもいた。私がこの女の子の夢と人生を握っていて、守らなくちゃいけないと思っていた。でもそんなことはなかったのかな。蘭は最初から、私と相乗りしてるつもりはなかったのかな。

怒りと悲しみはごく近いところにあるのかも知れない。私はその時閃光のような怒りを抱いたあまり走馬灯が見えた。私が気を抜けばいつも蘭が容赦なく活を入れてきて、それに反発して大喧嘩したことだとか、二人でゴネてドラマのだっせえ演出を変えさせたことだとか、どうしようもなくしんどい時には、蘭がちょっとした面白いことを見つけて笑わせてくれたりしたことだとか、そのひとつひとつが鮮明に蘇ってきて喉の奥が苦しくなった。怒りが融解して涙になって、「蘭、私たち、絶対トップアイドルになろうね」という言葉が溢れてぽろりとこぼれ落ちた。その言葉に蘭も私も驚いて、目を開いて見つめ合った。頬にたまっていた熱が急速に冷えて、部屋は静かで耳鳴りがしていた。二人の肌を滑る汗だけが動きを持っていた。ようやく、蘭の唇がそっと開き、「……まわしてる？」と言った。蘭は、「出てこいよカメラ！」と語気を荒げて部屋中を見渡した。その形相に私が涙を拭いながら笑って、「撮ってねーよ！」と言うと、蘭は大げさにため息をついて、「いいんじゃない。大学くらい行っても。四年でも八年でものんびり勉強してきなよ。この先何十年もあるんだから」と言った。

「八年もかかるわけないじゃん。馬鹿にすんなっつの。きっちり四年で終わらしてみせるよ」

「どうかなー。希は甘ったれだから」

「いつ私が甘ったれたよ。言ってみろコラ」

蘭が半ば吐き捨てるように発したその言葉は自嘲的な憂いを孕んでいたけれど、私にとっては希望だった。この先何十年もあるんだから……。

しゃがみこんだ蘭は両手で顔を覆って、「解散しようって言われてんのかと思った……」と言った。あ、解散とか私が決めていいんだ、って思った。

私は社長に、ノンシャランとしての活動は今まで通り行うこと、ただし、大学を卒業するまで個人での仕事は極力受けない旨を伝えた。

☆

希は推薦入試で分不相応とも言える知名度の大学に合格し、晴れて大学生になった。大学生活はどうかと希に尋ねると、「うーん、いろんな人がいる」と要領を得ないことを言った。希は弱音を吐かなかったけれど、やはり試験前の時期はかなり苦しいようだった。空き時間に軽口を叩くことも減って、ぼうっと宙を見つめていたかと思えば、爪を嚙みながらテキストを睨んだりしていた。爪を嚙むのは、勉強がはかどっていない時の希の癖のようだった。爪のかたち悪くなるからやめな、と注意するとすぐにやめるけれど、代わりに貧乏ゆすりをした。

あたしにはそれまでにない量の個人の仕事が入るようになっていた。自分が希より多くメディアに露出する日が来ていることが信じられなかった。少し前まで、カメラはこぞって希を抜こうとしたし、インタビューでも希ばかり話をふられていた。街を歩いていて、「ノンちゃんじゃない方だ」と呼ばれることも多かった。だけど、今は。

マルちゃんに暴言を吐くこともなくなった。それどころか、素直に笑って「ありがとう」と言えることさえあった。自然に言うことのできなかった感謝の言葉を、きちんと口に出すことの大切さをようやっと理解するようになった。

ありがとうやごめんねは、口にすることでより強まっていく。しかし、口にしないことで強まっていく思いもまたあたしの中にあるのだった。

社長からソロアルバムの発売およびソロコンサート開催の話を聞かされた時、体温がぐっと上がるのを感じた。ソロコンサートの日程は、あたしの二十歳の誕生日と、その前日の二日間だった。コンサートの演出・構成から衣装のデザイン、セットリスト、ソロ曲の作詞まで、大人たちの会議に無理を言って参加した。南野蘭というひとつの商品が、最大限消費されるためにどのようにプロデュースされていくのかを知っておきたかった。準備を詰めれば詰めるほど、何か抜けがあるんじゃないかと不安になっていった。何だか、完璧な死に向けて入念な準備をしているような気持ちになった。コンサートを終えて眠りについたあとに、あたしはもうアイドルではないのだ、という確信とともにゆっくりと死んでいくような気がして仕方なかった。

希は、「なんだか蘭は大人みたいになったなあ」と言った。あたしは希と二人の仕事の時は子どもに戻ったような気持ちになっていたので、変なの、と思った。

「大人みたいじゃなくて、あたしたちもう大人なんだよ。ハタチになるんだから」

「大学にいると、あー、『ノンシャラン』ってこういうことなんだな、って思うような人がいっぱいいるよ」

「何それ、どういうこと」

「みいんな、なあんも考えてないってこと。フランス語の先生にさ、『nonchalant』良い名前だねって言われたよ……」

希は大学に好きな人がいるのかもしれない。多分、もう処女ではないのだろうと思った。報告されたわけでもないのに、どうして気付いてしまうんだろう。何も悪いことはない。遅いくらいだ。不特定多数の人間以外から向けられる愛を、あたしはまだ知らない。大人みたいになったのは、希の方だった。

「ソロコンでさあ、ウエディングドレス着るんでしょ。写メないの？　見せてよ」

「絶対やだ」

「ケチー」

「当日まで見せないよ。スポットライトがあたって、髪も肌も宝石みたいに輝いてさあ……そりゃあもう綺麗だろうなあ、希はきっと、息のんで惚れ直すよ」

希は、本当かよ、と言って笑った。

あたしは希と違ってまだ男の人を知らない。ウエディングドレスを着ることを提案したのも、まだ自分が自分だけのものであるうちに、自分のためだけに純白のドレスを着たいと感じたからだった。あたしに割り当てられたイメージカラーは白、隣に希がいない時でもそれは変わらない。

　ソロコンの本番が近づくにつれて、あたしの精神は日に日に研ぎ澄まされていった。本番二日前、事務所で打ち合わせをしていたあたしは社長に呼び出された。

「良い目をしてるね。出会った時から君はずっと強い目をしていた。でも、今日が今までで一番良い目をしている。君はまっすぐ育ったね」

　座らされた椅子は柔らかくて、上体がずぶずぶと沈み込んでしまう。社長室に入るのは初めてだったのに、あたしはコンサートのことで気もそぞろになっていて、激励ならさっさと済ませてくれないかと思っていた。

「明後日《あさって》のコンサートも、きっと素晴らしいものになるだろう。楽しみにしているよ。君は、希くんの本当に良いパートナーになってくれた。僕の目に狂いはなかった……」

　社長がローテーブルの上に週刊誌をそっと置いた。

「ノンシャラン　鳥海希　マネージャーと路チュー!?」

　生き生きと下品なゴシック体の見出しが目に飛び込んでくる。あたしには活字のひとつひとつが踊っているように見える。道端で希がマルちゃんの頬に無邪気に唇を押し当てている写真。希の方が背が高くて全然絵にならない二人が、手を繋いで歩いている写真。申し訳程度に眼鏡で顔を隠している希の、ステージの上とまるっきり同じ、楽しくてたまらないような笑顔。希に手を引かれているマルちゃんの困ったような笑顔。あたしには写真ばかり鮮烈で、文章は視界で滑ってちっとも頭に入ってこない。都内某所で。関係者の。

デレデレと。ノンちゃんが。堂々と。交際期間は。あたしにはひとつも意味がわからない。

気持ち悪い。

あたしがそう呟くと、社長は「君の気持ちはよくわかるよ」と言った。あたしにもわからない気持ちをこの人はわかると言う。奇妙なことだ。わかるんだったら教えてほしい。

「交際の事実はないと二人は言っているし、僕もそう信じている。でもね、真実はどうであれ、二人が軽率な行動を取ったということは確かだ。デビュー前から今まで、丸尾《まるお》くんは君たちのために本当によくやってくれたと思っている。彼は今日限りで君たちの担当から外れるけれど、誤解しないでほしい。これは決して懲罰ではない。ただ、君たちは彼から卒業する時がきた。それだけのことだ」

それだけのことだ。椅子が柔らかくてあたしの座高はどんどん失われていく。一体どこまで沈んでいくのだろう。からだの支え方が思い出せない。あたしは。

つま先に力を入れて、床の上に足があることを確認してぐっと立ち上がって、社長に「あたしは、希の良いパートナーですか?」と尋ねた。

「ああ、僕の目に狂いはなかった。心からそう思うよ」

そうですか、と言ってあたしは部屋を出た。あの人の中であたしは、アイドルである前に希のパートナーで、それはオーディションの時から今まで変わっていないのだった。

さよならマルちゃん、さよならあたしの十代。きっと今日から、昨日より少しだけうまくラブソングが歌えるようになるだろう。

希のスキャンダルにも、大学進学にもあたしは怒ることができない。あたしはいつだってあの子のパートナーとしてのみこの場にいるんだから。

★

ステージの上でウエディングドレスを着て歌う蘭の姿を客席から見て、私は社長が言う「ともすれば、人生で一番美しいかもしれない時期」という言葉の意味を眼前に突き付けられた気がした。蘭の美しさは、蘭が自分自身で選んで、勝ち取ってきた美しさのように思えた。蘭はいつでも揺るぎなかった。

蘭のドレスと肌は白く滑らかに輝いていた。ハレの日の衣装のはずなのに、何だか死装束のようにも見えた。蘭は何かを弔っているように思えてならなかった。私たちはこの場で、何かの終わりに相対しているのかも知れなかった。

私はその日、初めて週刊誌に撮られた直後だったから、関係者席とはいえコンサートに行くのはやめておいたほうがいいんじゃないか、って話もあった。私も人の多いところに行くのが恐ろしかった。蘭の頑張りは一番近くでずっと見ていたけれど、あの時は自分のことでいっぱいいっぱいで、正直、気乗りしていなかった。蘭は私の大学進学を快く応援してくれたし、大事なソロコンの直前に私が不祥事を起こしたって負い目があったし、観に行かないわけにはいかないだろうという義務感で席に着いたのだった。

スキャンダルになったのを知った時は事の重大さがまるでわかってなくて、「あーこれ撮られちゃってたのかー」って軽く考えてた。ちゃんと説明すればみんなわかってくれるだろ、って。そんなわけないのにね。

普段はエゴサーチなんて滅多にしないけど、あの時は検索せずにはいられなかった。デビュー当時からのファンって人が、鳥海希は俺の中で死んだ、って宣言している長文のブログとか、私のことなんてろくに知らないっぽい人たちが気軽に悪口言ってる掲示板とか、超読んじゃったな。

ソロコンが決まったくらいだからその頃の蘭とファンの勢いは凄くて、私は今後誰からも見向きもされなくなるんじゃないかって思った。しばらく学業に専念するなんて言わなきゃよかったのかなって。鳥海希を忘れられるのが怖かったし、その一方で完璧に忘れられたいとも思った。

「あたしは、今日二十歳になりました。もう子どもじゃありません」

歌い終わった蘭は、マイクを握って言った。観客は、何かを恐れているかのように静かだった。心なしか、蘭と目があった気がした。私は今ここで、彼女に引導を渡されるのかもしれないと思った。息の根を止められるかもしれない、と。

「あたしは小さい頃からずっとアイドルになりたかった。大好きだったアイドルが、十代のうちに、可愛い女の子のままで卒業していくのをテレビの前で見ていました。でもあたしはもう十代の女の子じゃないし、一緒に走り続けてた希も、出会った頃は男の子みたいだったのに、いつの間にか女の人になってた」

蘭は言葉を切って、少し俯いて、再びまっすぐ前を向いた。綺麗だ。殺すなら殺せ。「可愛いうちに卒業しろとか、大人になんかなるなとか、誰にも言われたくない。あたしは、アイドルにもっと時間をかけたい」

蘭の美しさと凜々しさに気圧されながら、ああ、私もいよいよ決断しなければならないのだなと感じた。蘭は十代の終わりに、アイドルとして突き進むことを決意した。じゃあ、私は？

私もじきに二十歳を迎える。二十歳っていうのは、犬でいうとだいたい百歳らしい。じゃあアイドルでいうといくつになるんだろう。

蘭は立派にソロコンをやり遂げて、アイドルを続けるって宣言した。でも私はまだ覚悟がつかないし、週刊誌にも撮られちゃった。一生一緒にアイドルやろうって、蘭が言ってくれたらいいのになあ。

私は、あの日原宿で社長に声をかけられてから、多くのものを得たし、多くのものを諦めた。だけどそれらは全て結果にすぎなくて、私が強い意志を持って選び取ってきたものがこれまでひとつでもあっただろうか。

大学には色んな地方から色んな人が集まっていて、それぞれが思い思いのことをして過ごしていた。専門分野の研究だったり、スポーツだったり、バンドだったり、演劇だったり、飲み会だったり、アルバイトだったり……。確固としたポリシーがある人もいればない人もいた。私がもしアイドルをやっていなかったら、大学で何をしていただろうかと想像してみるけれど、いつも答えは出なかった。私はただ、限られた出席日数の中で所定の単位を取ることで精一杯だった。授業が終わって教室を出て、それぞれの居場所へ歩いてゆく学生たちの波に混じって、私は仕事へと向かうのだった。大学は、「私には、アイドルではない人生もあったのだ」ということを強く感じさせる場所だった。それは私にとって、必要な痛みだった。

私は二十一歳になっても、自分がいつまでアイドルを続けるのか決めかねていた。アイドルでいて良かった、と思う瞬間も数多くあったし、もうやめちゃってもいいかな、と思う瞬間もあった。もう五年以上も過ごしているのに、未だにステージの上で歌って踊ってる自分の映像や、ネット上で他人に好き勝手言われているのを見ると不思議な気持ちになる。何だか果てしなく長い夢を見ているような気分だ。

ここ数年で同年代や年下のアイドルがずいぶん増えた。彼女らは数ヶ月ごとに卒業を発表していく。その流れの速さにとてもついていけない。

同級生たちが心身ともに疲弊しながら就職活動に取り組み、自分の進路を決めていくのを私は間近で見ていた。「いいなあ、ノンちゃんは就活しなくてよくて」と言われることもままあった。その度に私は、「私だってアイドル卒業しちゃえば無職だかんねー」と言って笑った。友人たちも大抵笑ってくれるんだけど、ある時真剣な顔で「ノンちゃん、やっぱりそろそろアイドル卒業するの？　大学ももうすぐ卒業だし、いつまでも恋愛禁止なんて無理だよね。卒業したら何するつもりなの？」と聞かれたことがあった。別に恋愛禁止なんて掲げてないんだけど、うちの事務所は。

テレビのニュースで共働き家庭の増加がどうだとか女性の社会進出がどうだとか取り上げられていて、「お母さんは何で結婚する時仕事やめちゃったの？　もし離婚したらとかさあ、不安じゃなかったの？」と聞いてみたことがある。お母さんは何でもないことのように、「何でっていうか、そういう時代だったのよね」と答えた。

時代って言葉は大きくて乱暴で、個人の力ではどうしようもないものだ。私も何十年後かに、「何であの時アイドル卒業したの？」って尋ねられて、「何でっていうか、そういう時代だったんだよね」って言うのだろうか。みんながアイドルを目指して、アイドルを追いかけて、アイドルを卒業していった時代。

想像してみておかしくなってしまった。そんなのバカみたいじゃない？

高校生の時に火が付き、社会現象とまで言われたアイドルブームも、私が大学を卒業する頃にはだいぶ落ち着いていた。あの時の狂ったような、熱を持ったざわめきは過ぎ去ったけれど、アイドルが忘れ去られることはなく、人々は相変わらずそれぞれ自分のアイドルを何かに見出していた。

大学の友人たちが新入社員として社会に出ていく中で、私たちはベテラン扱いされることが増えていった。十歳年下のアイドルに会うことも珍しくなくなっていて、十二歳かー、私の半分しか生きてないんだねーなんてクソつまんないババアみたいな台詞が自然に口から出た時は、自己嫌悪を通り越して感動すら覚えた。

☆

そこまで読んだところで希がやってきて、「車待ってるから早く来いってさー」とあたしを呼びに来た。反射的に雑誌を鞄に放り込む。

希が大学を卒業してから、事務所は容赦なく仕事をとってくるようになった。あたしはあのソロコンサートの熱狂を忘れることはできないけれど、やっぱりあたしたちは二人でいることが求められているのだと思い知ることになった。日本は鳥海希を待っていた。そう思わざるを得なかった。個人の仕事で充分忙しいと思っていたのに、希が戻ってきてからの仕事量はその比じゃなかった。ゴールデンで冠番組が始まったし、二人そろって昼間の情報番組の曜日レギュラーにも抜擢された。鮮やかな化粧を施されたあたしたちが、白と黒の服を着て絡み合っている広告が渋谷の街をジャックした。このルージュは発売一ヶ月で百万本売れたらしい。テレビをつければあたしたちの顔がうつるし、テレビ欄に名前を見つけるのも容易《たやす》い。駅のホームやファッションビルにでかでかと張り出されるあたしたちの顔、顔、顔。気軽に街も歩けない。人類総批評家、人類総パパラッチ。

これより仕事が増えることはないだろうと思い続けて、もう三年近くになる。

夜もとうに更けているのに移動車の窓から眺める街は何だか騒がしく、にぶい頭でそういえば今日は金曜日だ、と思い当たった。

ホテルに着くと、マネージャーさんからカードキーを受け取った。今でも、出先では二人同じ部屋に泊まる。仲が良いねえなんてマネージャーさんは苦笑いするけど、仲が良いっていうか、十年も一緒にいりゃあ、家族だよ。

化粧をすっかり落とした希の顔は出会ったころのままで、あたしは今自分がどこにいるのかわからなくなる。

二人には広すぎる部屋にも贅沢なアメニティにももう浮かれることなく、早々に腹筋を終えてベッドにもぐりこむと、希もいそいそと入り込んできた。

「ちょっと、そっちのベッドで寝なよー」

「いーじゃんいーじゃん」

「もうすぐ二十六になるっていうのに、いい年こいてさあ……ちょっと希、手ぇ冷たいんだけど」

「手ぇ洗ったばっかなんだもん。蘭はあったかいなー。優秀な湯たんぽちゃんだ」

「希さあ、今日一カ所振り間違えたでしょー」

「トーン、タタン、のとこでしょ。うん、間違えた」

「次間違えたら怒るからね」

「もう怒ってるくせにい。ぶつ？」

「ぶたない。大人だから」

「おっとなー」

あたしは希のインタビューを思い返す。希はあたしのことを「揺るがない」と語っていた。希は今でも、コンサートの後泣きながら「蘭とだからここまで来れたよ」と言った舌の根も乾かないうちに、「ありがたい話だよねえ。歌って踊って喋って笑えばお金もらえるんだもん。でもさあ、なあんか、なーにやってんだろ、って思うときある」なんてのたまったりする。昔はいちいち苛立っていたその揺らぎを、あたしは今美しいと思う。希の美しさは、今も昔も、その危うげな揺らぎにあるのだということをあたしは知っている。

同年代で活動している女性アイドルはずいぶん減っていて、あたしたちにもうお仕着せの概念は通用しない。自由だな、と思う。自由だし、孤独だ。昔は気に入ってなかった「ノンシャラン」という名前を、今になって良い言葉だと感じるし、あたしたちはその言葉に寄り添いつつあるのかもしれないと思う。

マルちゃんにはあれから一度も会っていない。彼はあのスキャンダルのあと程なくして事務所を退職したらしい。あたしは彼の仕事用の携帯電話の番号しか知らなかったから、連絡を取る手立てがそれきりなくなってしまった。

もしあたしが、本気で彼に連絡を取ろうと思えば、何とかなったのかもしれない。でもあたしはそうしなかった。それだけのことだ。

あたしはあれ以来男性と並んで歩くことができない。あたしはマルちゃんと希のあの写真に取り憑かれてしまっている。マルちゃんなんて比べ物にならない綺麗な男の人といるときだって、あの写真を思い出さずにはいられなくて、下品なゴシック体の見出しは力ずくであたしを沈み込ます。彼への恋慕の情はもうすっかり風化しているのに、自分は選ばれなかったのだという事実と、スキャンダルへの恐怖があたしを囚《とら》えて離さない。

テレビや雑誌に出続けるあたしたちにみんないつか慣れるか飽きるかして、きっとその時あたしたちは本当に自由になるのだろう。あたしはその日が来るのを心の底から恐れているような気もするし、ずっと待ち焦がれているような気もする。でもその日までは、かっこいいアイドルでいたいな。

ようやくうとうとし始めたころ、眠っていると思っていた希が急に口を開いた。

「ねえ、蘭の将来の夢ってなに？」

「将来の夢？」

「そう、将来の夢」

「なんだろうな……ちょっと考えさせて」

「あー寝る気でしょー、と言って希が寝返りをうち、せっかく温まっていた布団の空気に

外気が入って冷え込んだ。もう！　と言ってあたしは布団を強く引き寄せた。振り向けば

希のなまっちろい首がある。

眠りにつく前には、好きなもののことだけを考えるのだ。そうすれば夢に出てくれるか
ら。こうして瞼を閉じればもうそれしか見えなくなる。夢のしっぽが意思を持ち始めて、
あたしはもうそれを追いかけることしかできない。明日の朝も早い。明後日も明々後日《しあさって》も
その次の日も。あたしたちに金曜日は来ない。

君の好きな顔

晶《あきら》はどうかしている。晶を返してほしい。

夏子《なつこ》はスマートフォンの画面に指を滑らして、都度リロード、リアルタイムで更新される晶の投稿を読んでいる。部屋には、晶も視聴中であろう音楽番組が流れている。明滅する光を尻目に、夏子はひたすらに、手の中のブルーライトに目を凝らす。

『瀬尾《せお》くんの今日のルックス一段といい！　爽やかなイメージが強くて白いシャツ着せられがちだけど、色が白いから濃い色の衣装も映えるよね。ちょっと毛先遊ばせすぎてるのが気になるな〜、でもやんちゃっぽくて可愛いかも……』

晶は日夜ツイッターでアイドルに対する想いを綴っている。スマートフォンが先日面接を受けた企業からのメールを受信した。にわかに意識が逆立つも、「【清水出版】選考結果のご連絡」という件名だけで不合格を察し、頬の温度がふっと下がる。念のためメールを開封して文面をざっと読み、間違いなく不合格であることを確認して、ツイッターに戻った。

『瀬尾くん、満ち溢れる生命力を制御しきれてないっていう感じが伝わってきてゾクゾクする。十九歳ってすごい。まだまだこんなもんじゃないって感じさせてくれる。これから瀬尾くんが熟していく過程を楽しませてもらえると思うと、アイドルになってくれてありがとうって感謝しかないよ』

夏子の大学生活には、すべて晶がいた。入学して最初の授業、第二外国語のクラスで隣に晶が座ってからずっとだ。同じ文学研究サークルに入って、毎日のようにつるんで、用もないのに夜通しスカイプでバカ話をした。青森から上京してきた夏子にとって、東京育ちの晶は、インターネットの中でしか知らなかった東京のかたちをそのまま体現していた。晶とつるむようになって、夏子は東京に受け入れられたように感じたのだった。

楽しそうなことを見つけたらすぐさま報告して、二人で試して笑い合って、犬猫のように転げまわった。晶に連れられて入った古着屋も、深夜営業の喫茶店も、鮮やかな紫の椅子が並んでいる名画座も、それまでの夏子の人生にはないものだった。やたらと雪ばかり降る、イオンモールとインターネットしか娯楽がない街で過ごした夏子の高校生活は、辛うじて手に入る小説や漫画や映画の隙間に受験勉強がなみなみ注《そそ》がれてほとんど決壊していた。晴れて東京の大学に合格して水は引き、乾燥していた毎日を理想的なかたちで満たしてくれたのが晶だった。晶は面白いことをたくさん知っていた。夏子も、高校時代に蓄えた自分のとっておきを、何てことない顔して全て差し出した。デートの約束よりレポートの期限より晶のどうでもいい誘いを優先して、寝る間も惜しんで遊んで、ほとんど寝ずにアルバイトに行った。

晶は春に大学を卒業して社会人になった。就職が決まらなかった夏子は、とりあえず留年を選んだ。ポリシーも何もない、ただの執行猶予だ。

春を境に、二人は違ってしまった。晶は、年下のアイドルにうつつを抜かすような人間じゃなかったのに。晶はどうかしちまった。

テレビの中でアイドルが歌い終わって、コマーシャルに切り替わる。それにしても冴えない歌詞だった。


夏子たちは、少し早い忘年会と称してサークル御用達の安居酒屋に集まっていた。開始時刻から三十分ほど遅れて晶が到着すると、早くも出来上がっているケンタローが「おせーぞアキラーっ」と野次と唾を飛ばした。ケンタローは単位が足りずに留年した五年生で、晶への片思いも五年目になる。仕事帰りらしい晶はトレンチコートの下にダークグレーのスーツを着ていた。何だか大人みたいだ。夏子の記憶の中の晶は、冬はいつもくたびれた革ジャンを着ていた。

飲み会でこの人の近くに座れればその会は楽しいだろうなって思わせる人間が仲間内に必ず一人はいて、夏子たちの間でそれは紛れもなく晶だった。あの頃と違ってスーツを着込んでいてもそれは変わらない。酔っ払いどもが大騒ぎしている中、晶は「はいはいどいてどいて」と人をかきわけて夏子の隣に腰を下ろす。夏子はこの瞬間、いつも人知れず得意になる。「駆け付け八杯だぞアキラーっ」とビールと灰皿を運んできたケンタローが、自分も図々しく後輩を押しのけて晶の正面に陣取った。晶は慣れた様子で礼を言うこともなくそれを受け取り、あらためて全員で乾杯した。乾杯の瞬間、勢い余ってケンタローがグラスを割ったので、非難と大笑いの中おしぼりをケンタローに投げつけた。それまでどことなくそわそわしていた夏子たちは、何かにつけて集まっては酒を飲んでいた現役の頃の空気をようやく取り戻した。

晶がポーチから取り出したタッチペンのようなものを見咎めて、ケンタローは「何だよそれ、電子煙草?」と尋ねた。

晶は専用の煙草を筒状のカートリッジに差し込み、それを咥えた。

「正確には、加熱式煙草ね。営業やってっとさー、嫌がられんだよね、煙草。これだとにおいも少ないし、煙も出ないし。いーよ、わりと」

「酒・煙草・麻雀」を良しとしている前時代的な「古き良き」文学サークルで、入学当初からその全てを嗜んでいた晶は先輩に可愛がられたし、同期はこぞって晶の真似をしていた。晶が吸ってっからとりあえずキャメル吸っときゃオシャレ、みたいな風潮が夏子たちの間にはあって、そこから各々好みの銘柄を見つけていった。高田馬場の煙草屋では、一時期よそと比べてキャメルの売り上げが妙に良かったんじゃないかと思う。今でもしぶとくキャメルを吸い続けているケンタローは、晶の口元を見て露骨に傷ついた顔をした。

「夏子お、就職留年の分際でまーだ金髪にしてんのかよ。シューカツはどうなってるわけ？　もう五年生も終わるだろうに」

夏子の方に顔を寄せる晶からは確かに従来の「煙草臭さ」はしなくて、代わりに加熱式煙草から出る水蒸気の、どことなくトウモロコシのような香ばしいにおいがする。それが何だか晶にひどく不釣り合いに思える。

「無理ぽい。三月までに社会が私を見つけ出せるとは思えない」

「まあ、そんな慌てて就職しなくてもいいんじゃない。のんびりやんなよ。就活もかったりいけど、新入社員っていうのもなかなかだりーよ。配属されたら自分以外は全員先輩だし、何するにも気ィ使うし、最初のうちはいちいち指示されないと何にもできないし、覚えることとは大量にあるし」

学生時代の晶は、あまり愚痴を言わなかった。主人公体質というのか何なのか、黙っていても晶には面白いことが舞い込んでくるのだった。夏子もそのおこぼれに与《あず》かって、二人で退屈しない毎日を送っていた。

「就活もしんどいのに、それが明けたらまたしんどい生活が待ってるのかよ。何それ。地獄じゃゃん」

「地獄ってほどでもないよ。自由な時間が減って、できなくなったことも多いけど、使えるお金は増えたしできるようになったこともたくさんあるよ」

ケンタローが晶に料理を取り分けながら、「今日も残業だったのかよ。仕事忙しいの？」と聞いた。

「いやー今日なんて早めに上がれた方だっつの。やっぱ年末だし忙しいね。もう本なんて全っ然読めてないよ。最近はもう、アイドルのことしか考えてない」

「文化が死んだな」

「完全に死んだ。サブカル女子気取るんじゃねえって謂れのない誹《そし》りを受けて石を投げられていた日々は死んだ」

「何で急にハマっちゃったの？　全然興味なかったじゃん、アイドル。むしろ小馬鹿にしてたとこあったよね」

夏子は、アイドルのコンサート帰りと思しき女性の集団と電車で一緒になって、晶が心底不快そうにしていたことを思い出していた。

「何でだろうね？　自分の人生だけで十分面白かった時間ってのが、終わっちゃったんだよね」

晶は早口だけど異様に滑舌が良くて、騒がしい居酒屋でも声がよく通る。

「かと言って、新入社員の分際で子ども産むわけにもいかないしさ。アイドルはいいよ。

無責任に他人の人生を面白がれるからさあ」

晶は何でもないことみたいにそう言った。夏子とケンタローは、ちらりと互いを見やった。晶の人生が面白くないなんてことはあってはならなかった。夏子たちにとって、それは重たい宣告だった。

「アイドルはさー、娯楽として即効性があるんだよね。小説も映画も、労働ですり減った頭にはまわりくどいんだよ。良い作品でも、気が滅入ることも多いしさ。アイドルはこう、血管に無理やりぶち込むみたいに効くから。毎朝ね、アイドルの動画見ないととてもじゃないけど一日の英気を養えないんだよ。気が滅入らないようにするのに必死なの、毎日。自分の機嫌とんのに必死よ」

口をすぼめて水蒸気を吐き出す晶の、心持ち伏せた目と細い指先は相変わらず綺麗だ。夏子にもケンタローにも、晶に失望する権利などない。それでもやりきれなかった。示し合わせたように三人でぐいと酒を飲み干した。夏子もケンタローも、言葉が出なかった。こんな時に何も言えないなんて、何のための文学研究だ。あるいは、文学を勉強していたからこそ、言えることなんて何もないのかもしれなかった。

にわかに場がどよめいて、一同が一斉に出入り口の方を振り返った。夏子たちに酒の飲み方とゲロの吐き方を叩き込んだ、二期上の先輩が到着したのだった。そこからはもう、新入生の頃に戻ったような心持ちで、馬鹿笑いしながらしこたま酒を飲んだ。

二次会会場を出る頃には全員酔っ払ってしまっていて、馴染みのカラオケになだれ込んだ。意識が朦朧としていた面々も、カラオケルームに入ってからは不思議と元気を取り戻して歌い始めるもんだから結構しぶとい。夏子が、神聖かまってちゃんの「23才の夏休み」を歌おうとしてデンモクの検索窓に23さい、と入れたら検索候補に「23歳」で始まる曲名がずらりと並んだ。23歳大人気じゃん！　って23歳の夏子はにわかに嬉しくなって、何歳で始まる曲名が多いのかひとつひとつ調べていった。するとだいたい17歳をピークに16歳から22歳で始まる曲名の歌はたくさんあるのに、当初大人気かと思われた23歳になるとその数はぐっと減ってしまうことがわかり、24歳で始まる曲に至っては一曲もヒットしなかった。自分たちはきっと24歳で何かが終わり、23歳もまた終わりの始まりなのだと夏子はデンモクなんかに思い知らされた。そこからは『今「23」歳の私たちが「14」歳の時に流行した曲メドレー』をマイクを回して歌った。懐かしい！　という声が悲鳴のように響く。ケンタローに至っては、感極まってちょっと涙ぐんでいた。お前の14歳はそんなに美しかったのかよ。

しばらく騒いで再び眠気が部屋に蔓延してきた頃、晶が夏子に「じゃ、そろそろ帰ろうぜ」と耳打ちして、二人でカラオケルームを出た。

いよいよクリスマスだというのに、高田馬場の街は普段と何も変わらない質の騒がしさに覆われている。貧相な木に巻きつけられたささやかなイルミネーションは、もはやない方がマシと言ってもよかった。深夜のロータリーはいつも通り大勢の学生が騒いでいて、幾人かは植込みに嘔吐していた。これは、夏子が五年間見てきた馴染みの光景だった。

　この街はいつも騒がしいけれど、このざわめきは終わりを前提とした騒がしさだった。遠からず学生生活が終わるということを知っている者たちが生み出すざわめきと狂宴。

　今後どんな場所でどんな風に暮らすかわからないけれど、高田馬場駅は夏子の人生で最も思い出深い駅のひとつになるだろうなと思う。それとも、たった五年間しか使わなかったこの駅の揺らぎとざわめきを、あっさりと忘れてしまう日が来るのだろうか。

「あー楽しかった。職場の飲み会、マジつまんねえし気ィ使うからさー」

晶の終電はとっくにないので、神田川沿いを歩いて夏子の家へ向かう。酔っ払った頰に、外気が冷たく心地よい。

「サークルだと飲めば飲むほど喜ばれるけど、会社の飲み会だと引かれっから」

晶と夏子は、先輩たちにくれぐれも酒を飲みすぎるように教え込まれたけれど、その感覚のまま他所で酒を飲むと浮いてしまうことがままあった。酔いが脳みそを揺さぶって二人とも足取りはおぼつかなく、到底まっすぐ歩くことは適わない。

「この川にさー、酔ったケンタローが図書館の本放り捨てたことあったよね」

「あったあった！　しかも初版本だったとかで、結構な金額請求されてた」

「本当馬鹿だよなーあいつ。会う度に馬鹿を更新してってるからすげーよ」

二人で今夜のケンタローの痴態を思い出しては笑う。

「楽しかったな。もっと遊びたかった」と夏子が言うと、晶は「名残り惜しい時が帰り時なんだよ」と言った。学生時代よりも、ずいぶん暗い色の髪がなびいて、パンプスのヒールの音が響く。

「大人みたいなこと言うね」

「もう大人なんだっつの。もうちょっと遊びたかったなって時に帰んのが、一番いいんだよ」

本当にそうなのかな、と夏子は思う。夏子はどうしても、眠気をこらえてファミレスで閉店までだべったり、朝まで無理矢理飲み続けたりしてしまう。

「晶がさ、泥酔しながら徹マンした日のこと覚えてる？」

「覚えてるよ。ふと気がついたら雀荘で打ってて超びびった。全っ然意識なかった」

「意識ないまま、永遠にツモ切りしてたよね」

「そのわりにあんまり負けてなかったの、意味わかんないよね」

「ほんと、楽しかった……」

思い出話が途切れて、一筋冷たい風が吹く。こんなにもたくさん話したいことがあるのに、何から話したらいいのかわからない。最近読んだ面白かった小説のこと、ゼミの発表がうまくいかなかったこと、ボルドーとネイビーのカラーマスカラが欲しいこと、就活中に出会った変な大学生のこと。晶が学生だったときは、学部もサークルも一緒だったから、顔を合わせなかった数日間のうちにあった細々したことを、これまでのあらすじのようにお互い報告し合ったものだった。晶は夏子の日記帳だった。しかし、晶が就職してからというもの、共通の話題や会う頻度は減ってゆき、少ない言葉では分かり合えなくなってしまった。話さなきゃいけないあらすじが一週間分、二週間分と溜まっていって、いつしか全てを報告しあうことは諦めた。今はまだ学生時代の余熱が残っているけれど、お互いが担っていた役割は、そのうち恋人なんかに取って代わられるのかもしれない。それはきっと自然なことなのだろう。悲しいことなんかじゃない。夏子は煙草を吸わないけれど、煙草を吸いたい気分、てのはよくわかる。今がそれだ。

翌朝十時頃どちらからともなく目が覚めた。隣同士で横たわっている状況についてお互いすぐには理解に至らず、ゆうべ飲みすぎたことをじわじわと思い出す。あーくそ、頭いてえ、と晶が使い古した紙やすりのような声で呟き、ベッドの脇に転がっているペットボトルのぬるんだお茶をぐいぐいと飲んだ。今日は土曜日なのに、晶は午後から出社するのだと言う。夏子も一社面接を受ける予定があるので、タコ殴りにされた後のような頭痛と吐き気に襲われているけれど、起き上がらなければならない。

「二次会くらいからあんま覚えてないや……」と言う夏子に、「私も。ろくに覚えてないけど、とりあえず楽しかったってのは覚えてる」と晶が言った。

「それだけ覚えてりゃ充分だな」

間違いない、と緩慢な口調と動作で加熱式煙草を咥えた晶が言った。

「過程とかディテールをすっとばして、楽しかった、って結果だけ残ってんの、ほんと虚無……」

晶と夏子は暴力的なまでの二日酔いに悪態をつきながらも身支度を進め、晶はダークグレーのスーツを、夏子はリクルートスーツを着込んで家を出た。就活用の黒髪のウィッグを着用する夏子を見て、晶は「ようやるわ、いい加減黒染めしたら？」と呆れたように言った。

「うるせー。何か、負けた気がするんだよ」

「何に？」

「……社会に？」

何だそれ、と言って晶は小石を蹴った。二人でゆうべ泥酔しながら歩いた道を遡る。気温は低いのに、空はからりと晴れていた。日差しが眩しくて、天気の良さに何だか白けた気持ちになる。叩きつけるように改札機にパスケースを押し付け、高田馬場駅から新宿方面の山手線に乗り込んだ。晶はピンク色に彩られている優先席のゾーンに目をやって、「この吐き気も頭痛もつわりと思えば愛しく感じられるかもしれない……これはつわりこ

れはつわりこれはつわり。この子が生まれたら歌とダンス叩き込んで最強のアイドルサイボーグに育ててやる」と唱えて額をおさえ、まだ見ぬ胎児に思いを馳せていた。

新宿駅が近づいて、電車が減速した。まだ停車していないのに、人をかきわけて出口のドアへ近づこうとする中年の女性と接触してよろめいた。新宿なんてどうせみんな降りんだから落ち着けよ、と思う。流れに乗ってりゃあ降りられんだから。主要駅で大勢が降りるってことを知らないのか。あるいは一刻も早く降りたいのだろうか。ドアが開く前から動き出したって、早く目的地に到着できるとは限らないのに。二年下の後輩が、外資系の企業のインターンが始まるからこの機会を逃したくないと、早くもツイッターで熱弁していたのを思い出す。夏子だって、新卒一括採用っていう大きな流れに乗ってりゃ無理せずとも降りられると思っていた。それが今や周回遅れだもんな。

晶はじゃあね、と言って新宿で人波とともに降りていった。残された夏子は手持ち無沙汰になって、これから受ける企業のホームページでも読んで面接に備えるかとスマートフォンを取り出したけれど、頭痛が酷くてちっとも頭に入らなかった。

晶から気まぐれに発信される、家行っていい？　というメッセージを、夏子はほとんど断ったことがない。訪ねてくる理由はない方が嬉しいから、聞かないことに決めている。

晶が手土産に持ってきてくれた缶ビールの銘柄を見て、「私この企業落ちたんだよね。

まあビールなんて冷えてりゃ何でもいいんだけど」とひとりごちた。

　仕事帰りの晶は、手早く衣類をハンガーにかけ、シャワーを浴びに行った。晶は、夏子の家にあるだいたいのものを我が物顔で使用するけれど、最低限の化粧品や洗面具は厳選して小さいポーチにまとめて常に携帯していた。そのポーチをそのまま卒業旅行にも持って来ていて、サークルの同期に「旅慣れてるねー」と感嘆されていた。「わざわざ持ち歩かなくても、私んちに置いときゃいいじゃん」と申し出たこともあったけれど、晶は「いや、私の毎日は旅みたいなもんだから」と言って灰皿すら置いていかなかった。そのせいで、夏子は空き缶を必ず一本は捨てずに取っておく癖がついてしまっていた。しかし、加熱式煙草は火を使わないので灰は出ないらしく、もうその必要もないのだそうだ。

　上京して五年目になる夏子の小さな部屋は、自分で選び取った家具や日用品が増えてきて居心地が良い。あまり多くの物は置けないので、物が増えてくると気に入った物だけ残して、あとは青森の実家に送ってしまっている。十八年間も住んだ実家の自室は、たまに帰ると抜け殻のようだと思う。魂ごと東京に移動してしまったみたいだ。いつしか住人でなく客人になってしまった夏子は、五年前は知りえなかった実家のにおいを鼻孔に感じながら眠りにつくのだった。とりわけ強い郷土愛はないけれど、湿った情はある。それでも、多分、もう一生この町で暮らすことはないんだろうなという思いが、帰省する度に強くなる。

夏子の部屋を、晶は「いいな、自分の城って感じで」と羨ましがった。夏子からすれば、生まれてこの方上北沢の実家に住み続けている晶の、服や本がとっ散らかって足の踏み場のない部屋の方がずっと素敵だと思うけれど、晶は「仮住まいだよ、あんな部屋」と言う。上北沢と下北沢が隣り合っていないことも知らなかった夏子に、その意味はよくわからなかった。

シャワーを浴び終えた晶は缶ビールを開け、加熱式煙草を取り出し、仕事用に持ち歩いている薄くて気取ったノートパソコンを開いた。アイドルファンたちは、自分が応援しているアイドルの、とびきり愛らしいと思われる場面を編集した十秒足らずの動画をこぞってツイッターにアップしている。それを通勤中や休憩時間にリーディングリストに保存しておいて、帰宅してからビール片手に片っ端から見るのが晶にとって至福の時間なのだそうだ。

「凄いよねー、この、アイドルのジャンクな消費の仕方」

夏子も横から画面を覗き込み、アイドルの動画を並んで眺める。みんな顔が整っているのはわかるけれど、一向に興味がわかない。彼らのことを知ろうという気持ちになれない。そもそも、アイドルという職業に就こうと思い立つ種類の人間を応援するモチベーションが、夏子にはない。晶は、瀬尾くんの焦った顔は可愛いなー、などと言ってはくすくす笑っていた。夏子は、晶があの服や本が散乱している自室で、ひとり部屋着でビールを飲みながら動画を眺めている姿を思い浮かべずにはいられなかったけれど、なるべく考えないように努めた。晶は保存してあったすべての動画を見終えると、あー元気出た、と言ってページを閉じた。そのままだらだらとネットサーフィンを続ける。画面に表示される通販サイトの広告が、年末仕様になっている。

「もうすぐ今年も終わるね。夏子、来年の抱負は？」

夏子は、うーん、何だろ、と少し考えて、「一喜一憂しないことかな」と言った。口に出してすぐに苦い気持ちになった。一喜一憂しないことを目指すって、そんな人生って、どうなのよ。とはいえ夏子は疲弊していた。

例えばスポーツだったら、決勝や準決勝で負けたとしても勝ち進んだことに意味があると言えるかもしれない。しかし、就職活動は違う。最終選考で不採用になったら、就活サイトからプレエントリーして、説明会に出向いてつまんない話を聞いて、ワードで下書きしたエントリーシートを清書して提出して、筆記試験やうさんくさい適性検査を受けて、集団面接をしてグループディスカッションをして個人面接をして、というそれまでの過程は全て徒労になる。いくら一流企業の最終選考まで進んだって、落ちたら何の意味もないのだ。内定までに、平均して四、五回は合否のメールを待たなくてはならない。それを何十社、人によっては百以上も繰り返すのだから気が狂う。そんな絶え間ない一喜一憂の連続に、夏子はもう疲れてしまった。

もう、めんどくさいのだ。東京あるいは一都三県にごまんとある企業の中から、働いてもいいなと思えるところを見つけるのがめんどくさい。リクルートスーツを着るのがめんどくさい。就活サイトにアクセスするのもめんどくさい。毎日大量に送られてくる就活サイトからのメールマガジンを読むのもめんどくさいのだ。

その時、夏子のスマートフォンが着信を告げて、また一つ不採用通知を夏子に届けた。この間、二日酔いのまま受けた企業で、面接も散々だった。落ちて当然だった。悲しむ道理などないはずだった。それでも夏子は悲しかった。不採用それ自体が悲しいのではなく、量産された悲しみに悲しまされていることが悲しいのだった。毎年何十万人もの就職活動者が大量の企業を志望し、大量の不採用通知を受け取り、同時多発的に悲しんでいる。夏子の悲しみは夏子固有のものではなく、日本中至る所で量産されているありふれた悲しみなのだった。夏子はそのことが何よりも悲しかった。

晶は、スマートフォンを握って押し黙る夏子の手に自分の手を重ねて言った。

「夏子、落ち込むなって。どんな企業の不採用にだって、夏子は少しも損なわれやしないよ」

夏子は、晶の目を見て力なく頷いた。夏子は、自分がずいぶんすり減ってしまったように感じていたけれど、晶が損なわれないと言うならばそうなんだろうと思えた。その矢先、晶のスマートフォンにもメールが届き、重なっていた手が即座に離れる。晶はメールの内容を確認して、さっと表情を変えた。

「うわっ最悪……コンサートのチケット外れた……」

晶はうめき声を上げながら、顔を手で覆って床に丸まった。夏子のことなどそっちのけで落胆している晶を見下ろすと、晶はバツの悪そうな表情で起き上がった。

「私は毎日、瀬尾くんのことで一喜一憂してるよ」

なぜなら、自分のことで一喜一憂するのは、とってもしんどいからです！　そう言って晶はビールを飲み干して、音を立てて空き缶をテーブルに置いた。

ふう、と一息ついた晶ははっとしたように夏子の顔を見ると、いきなり下顎と頬をつかんで、ぐり、と自分の顔の方を向かせた。あにすんだよ、と小さく言ったが、晶の目があまりに真剣なのでひるんでしまった。

「夏子、瀬尾くんにちょっと似てない？」

晶は出荷前の製品に異常がないか調べるように夏子の顔に手を添えて舐めるように点検した。「目元と輪郭が似てる」と言って画像を検索し、ほら！　このつまんなそうにVTR見てるワイプの瀬尾くん、夏子にそっくりだよ、と見せつけてきた。ノートパソコンの中でうつむく男の子が自分に似ていると言われても、つまらなそうにしている時の自分の顔を見る機会などそうそうないのでピンと来ない。

晶は夏子の化粧ボックスを持ち出して、夏子の前髪をピンでとめると、拡大した画像と見比べながら夏子の顔に手を入れていった。下地を塗りこんで肌の色みを整え、ファンデーションを足していく。夏子は、自分よりもずっと整った容姿の晶が自分の顔に興味を示していることが奇妙に思える。夏子を間近で真剣に見つめている晶の顔に、ごく些細な、肉眼でぎりぎり確認できるかできないかのにきびとも言えないような隆起を見つけては小さく安堵した。晶は夏子の顔に、笑っちゃうほど大胆に眉毛を描き足し、鼻筋に陰影を加えた。もともと切れ長の目には、かたちを強調するアイラインを入れる。上まつげはほどほどに、しかし下まつげにはしっかりとマスカラを塗って顔の余白を埋めた。

こうしてつくりこまれてみると、なるほど確かに夏子の顔は瀬尾くんと似ている部分もあるようだった。晶は、夏子に就活用の黒髪のウィッグを装着させると、スマートフォンで写真を撮りまくった。写りのいいものを選んで自撮りアプリでオシャレっぽくぼかした加工を施して、夏子が最も瀬尾くんに見えるような一枚を作り上げた。その画像を晶のツイッターアカウントにアップすると、ファン仲間から瞬く間に何件もコメントが投稿され、その全てが驚くほど好意的なものだった。晶は調子に乗って夏子の服を脱がせ、自らも半裸になりベッドに寝転んで、情事後のような雰囲気の写真を撮った。さすがにこれアップしたらファンに殺されるなー、と笑いながら待ち受けに設定した。さんざん写真を撮られて疲弊した夏子は、用が済んだので化粧を落とそうとすると、頼むから朝までこのままの顔でいてくれ、と懇願されてしぶしぶ了承した。恩着せがましく、肌の老化が、ターンオーバーが、とぶつぶつ呟いていると、毎日のように朝まで飲んだり徹マンしたりしてたくせに今更何言ってんだと言われて、それもそうかと思った。

「はー、やっぱり夏子といるのは気が楽だな。職場の人と、普段どんな話してると思う？　天気の話だよ。正気かよ」

自分はちゃっかり化粧を落としている晶が、夏子の隣に寝そべって言った。晶はまくらに顔をおしつけて、ほとんどうつ伏せの体勢をとっている。夏子は、ファンデーションが寝具につきやしないかと心配で、慣れない仰向けの姿勢を崩せなかった。晶の表情は見えない。

「仕事の内容とか、人間関係とか、別に悪い会社じゃないんだよ。それでも、軽い気持ちで言った不謹慎な冗談に眉をひそめられたりだとか、そういうちょっとした違和感にたちまち打ちひしがれちゃう。瀬尾くんがメンバーと楽しそうにじゃれてる動画見ると、微笑ましいより先に、友達と仕事できんのが羨ましいって気持ちが先に立つ」

晶は美人で社交的で口が達者で、いつだって周囲に人が集まっていた。サークルでも語学のクラスでも、何となく晶を中心にグループができあがっていった。活動や授業のない日にも、しばしば誘い合って遊びに出かけた。晶は自分から指揮をとることはないけれど、存在感は大きかった。晶が欠席した日は、どこか噛み合わないままいまひとつ盛り上がらず、いつもなら夜中までだらだら遊ぶところを、早めの解散になったりした。

サークルの後輩に、夏子さんの代は関係が密ですよね、と言われたし、語学の担任の先生にも、このクラスは特別仲がいいねえと驚かれた。もし晶がいなければ、いずれもそれほど親密な共同体には成り得なかっただろう。晶にはきっとそういう能力があるのだと思う。晶はこれまでの人生で、バイト先や、部活動や、教室で、いくつもの「親密な共同体」をつくりあげてきたのだろう。晶を中心に、晶にほのかな好意を寄せている男子と晶に憧れている女子が混じり合って、微妙なバランスを維持している共同体。

「晶は多分、どこに行ってもうまくやれるんだろうし、私のことなんてすぐ忘れるんだろうなって思ってた」

「賭けてもいいけど、私のこと忘れんのは夏子の方だよ。ちょっと離れたら、私と仲良くしてたこと、夢だったみたいに忘れていくのはあんたの方だ」

そんなことない、と言おうとして、躊躇した。本当にそんなことないのか確信が持てなかった。夏子は晶を忘れるのだろうか。共に過ごした時間が夢だったみたいに。懇意にしていたからこそ、ひとたび疎遠になれば急速に冷えていくのかもしれない。かつては存在しなかった距離や価値観の隔たりを思い知るのを恐れて、連絡をとらなくなるのかもしれない。

晶と出会ったばかりの頃を思い出す。語学のクラスでたまたま隣同士になった晶は、上京したばかりで友達もいない人見知りの夏子に気さくに話しかけてくれた。初対面の夏子に対してあまりにも自然に会話を始めるので、この女は隣の席に郵便ポストが座っていても普通に話しかけるんじゃないかとすら思えた。話しているうちに小説や映画の趣味が合うことがわかって、同じサークルにも入った。晶は見るからに友達が多そうだったから、夏子は気後れしていた部分もあった。晶といるのは楽しいけれど、誰とでも仲良くできる人がたまたま仲良くしてくれているに過ぎないのだと虚しく思うこともあった。同じような虚しさを抱えた女が、晶よりも夏子の方に親しみを覚えて擦り寄ってきたことも幾度かあった。私程度の女なら気兼ねなく接することができると判断したっていうのか、馬鹿にすんなよと思う一方で、夏子は彼女たちを無下にはできなかった。

晶に惹かれて寄ってきたのに、勝手に傷ついて遠ざかっていく。そういう人間がこれまで何人も晶の上を通り過ぎていって、それが晶を孤独にしているのかもしれない。そういえば晶には、その時々で親しくしている友人は常にいるようだけれど、付き合いの長い友人の話は晶の口から聞いたことがなかった。

翌朝、夏子は晶の目覚める直前にウィッグを被って半裸になり、頬杖をついてスタンバイしていた。一晩肌を疲れさせた甲斐あって、晶は目を開けてすぐに「隣に瀬尾くんがいるー」と笑った。「一発芸、超《スーパー》サイヤ人」と言って勢い良くウィッグを脱ぎ捨てるとさらに笑った。「それ、面接でやった方がいいよー。絶対受かるよ」と眦《まなじり》に涙を浮かべて言った。受かるわけねーだろ。

晶の手順を思い出し、自分の顔に化粧を施す。色をのせる度に瀬尾くんに近づいていく。色んな角度から写真や動画を撮影し、出来の良いものを厳選してＳＮＳにアップすれば、瞬く間にいくつもコメントがついた。自撮りをアップするために、「瀬尾ナツキ」という名で晶が作成したアカウントのフォロワーは、気付けば三千人を超えていた。夏子が友人との交流用に使用しているアカウントのフォロワーは、百五十人足らずだった。

夏子は、自分の顔をあまり良く思ったことがなかった。醜くはないが、なんとなく不幸そうで、地味な顔立ちだと感じていた。事あるごとに写真を撮りたがる女友達の気が知れなかった。彼女たちから、集合写真のデータが送られてきても、何かブスだな、と思って気が滅入り、保存すらしないことがままあった。それが今や、データフォルダは自分の写真で溢れている。つまらなそうに目を伏せた表情をしてみたり、薄く微笑んでみたり、目を閉じてみたりしては連写モードで写真を撮る。出来の良いものをＳＮＳにアップして、寄せられるコメントは余さず読んだ。

ＳＮＳ上にはアイドルに顔を似せようと奮闘している女の子がたくさんいるようだった。「顔真似」というワードで検索をかけると、化粧と加工を駆使してアイドルに似せた写真をアップしているアカウントが大量に引っかかった。不思議なことに、その多くは男性アイドルの顔真似で、女性アイドルの真似をしているものはほとんど見つからなかった。

どいつもこいつも全然似てなくて閉口する。手やマスクで顔の大部分を覆って、目元だけ化粧でそれっぽくして、アプリでフィルターかけて色味をぼかして原形なくして、「瀬尾くんの顔真似してみました！　初だから自信ない～薄目で見てね（笑）」って舐めてんのか？　五キロ痩せて出直してこい。

晶と表参道で待ち合わせて、晶の行きつけだという美容院に行った。内装を凝りすぎていてカフェだか本屋だか宇宙だかわからないような趣の美容院に晶は躊躇なく入店し、親しげに美容師と会話して夏子の髪型をオーダーした。普段は晶の担当をしているという美容師が、カットを進めながら細かい部分の切り方について提案してくるけれど、その度に夏子は口ごもってしまい、隣でトリートメント中の晶を鏡越しに見やった。晶は、「あ、そこ気持ち短めでお願いします」「前髪は流さずにおろしてください」などとてきぱきと指示を出した。じきに美容師も夏子を介さず直接晶に指示を仰ぐようになったので楽だった。

施術を終えると、晶はあらゆる角度から仕上がりを確認して、「いいね、黒髪。似合ってるよ」と言った。ひとたび黒髪にしてみれば、これまでなぜウィッグまで被って金髪に執着していたのか不思議になった。本来の髪色に戻したはずなのに、鏡の中の夏子は、他人のような顔でこちらを見ていた。

美容院を出ると、瀬尾くんが私服で着ていたものと同じ服を買いに出かけた。二人で買い物をするのは久しぶりだった。普段は店内では自由行動をとるのに、今日は始終寄り添って、ああでもないこうでもないと言いながら服を選んだ。試着室から出てきた夏子を見て、晶は真剣な面持ちで色やサイズの変更を言い渡した。ショッパーを抱えて夏子の家に帰って、購入したばかりの服に着替えて何枚も写真を撮った。晶が、せっかくだから服を写したいけど、あんまり引きで撮るとどうしても女の子っぽさが出ちゃうね、と残念そうに言った。どうにか納得のいく一枚をＳＮＳにアップして、ビールを飲みながらコンサートのＤＶＤを観た。事あるごとに晶が注釈を入れたり巻き戻したりするもんだから、一本見終わるのにえらく時間がかかった。その後も、二人で寝そべって、過去のドキュメンタリー動画を見たり、インタビュー記事を読んだりして過ごした。

これまで顔と名前しか知らなかった瀬尾くんの存在が、夏子の中で次第にしっかりとした輪郭を持っていった。瀬尾くんは、五人組のアイドルグループとして十六歳でデビューしてから、ずっとセンターを担っている。今、国民的アイドルグループとして世間に認知されているのは得てして「センターが明確でない」グループだ。それが時代の気分にマッチしているなんて言われている一方で、彼らのセンターははっきりと瀬尾くんだった。カメラに抜かれる時間も、ソロパートも明らかに多い。不動のセンターだとか、自他ともに認めるエースだとか、そういう役割を彼が背負っているという事実に、夏子はロマンを感じ始めていた。

新曲のメロディーを口ずさみながら加熱式煙草を取り出す晶に、「晶は、瀬尾くんのどこが好きなの？」と問うと、「え、顔だけど」と至極あっさりした回答が返ってきた。

「顔なの？」

「顔だよ。瀬尾くんの顔が好きだよ。他に何があんの？」

「顔以外にも、色々あるでしょ。確かに、瀬尾くんはほかのメンバーに比べて歌もダンスもぱっとしないし、話も下手だし、無趣味だし、もっと知りたいって思わせてくれるような、得体の知れない部分がないけど。書く詩も破滅的にダサいよ。瀬尾くんから入ってほかのメンバーのファンになる子が多いのも頷けるもん。それでも、圧倒的な存在感を持つ瀬尾くんの、どこか虚無的なところってすごく魅力的じゃない？　その、自分につきまとう何もなさを本人も理解していて葛藤してるとことか、華やかさと隣り合わせになってる空虚さとの対比にぐっとこない？　晶は、瀬尾くんの何を見てるの？」

晶は口から水蒸気を吐き出した。

「いやだから、瀬尾くんの葛藤だとか、彼が空っぽだとかっていうのは、動画や記事から読み取ったにしたって、全部夏子の想像でしょ。外見は、私が知りうる瀬尾くんの要素の中で一番確かなものだし、彼もそれを大きく武器にできる職業に就いてるんだよ。それを好きだって言うことを否定的に捉えるのっておかしくない？」

夏子の顔が瀬尾くんに似てると言っては嬉しそうにしていた晶の笑顔を思い出す。ああいう笑顔をずっと見ていたくて、夏子は髪も染めたし、服だって買ったのだ。夏子はただ、晶の好きな瀬尾くんを正しくすみずみまで理解したかったのだった。瀬尾くんの顔ばっかりが好きだなんて言わないでほしい。見た目だけじゃない彼の物語を読み取って、咀嚼して、わかろうとしてくれよ。晶が見つけてきたんだから、アイドルだって、瀬尾くんだって面白いもののはずだろう。

夏子が、「その煙草のにおい、好きじゃない」と言うと、晶は惜しげもなく放り捨てて、「もういいよ。それより新曲の振り付け覚えちゃおうよ」と言ってミュージックビデオを再生した。アイドルのダンスは、画面の向こうから眺めている時には思いも寄らないほど難解で、体力を消耗するものだった。晶は三十分もたたないうちにへばって、しゃがみこんで夏子に指示するだけになった。夏子は根性で踊りきった。振り付けを完璧に習得する頃には空も白んでいた。夏子が一曲通して踊った動画を撮影して、動画再生サイトに投稿した。

晶の帰り際、「最近よくうち来るようになったし、持っててていいよ」と言って合鍵を差し出した。晶は困ったように笑って、無言で首を振った。

半ば挨拶がわりに、毎日晶に自撮りの写真を送っている。始めのうちは「元気出るわー、今日も頑張るね」などと喜んでくれているようだったのに、返信は次第に素っ気ない文面に変わっていった。ツイッターに写真を上げれば、多くの素性も知らない女たちから熱のこもったコメントがつくのに、晶の返信は絵文字のみの日もあるし、翌日まで音沙汰がないこともある。まだまだ自分は瀬尾くんにはほど遠いことを実感する。もっと頑張らなくちゃな、と思う。

ミュージックビデオを見ながら毎朝一時間踊るのが日課になった。身体を動かしていると活力が湧いてくるし、自然と背筋が伸びる。久しぶりに出向いた面接でも、過不足なく受け答えをすることができた。瀬尾くんはセンターを務めている以上、グループを代表してコメントを求められることが多い。まごつくわけにはいかないのだ。歯の浮くような建前が、流れるように口から出てくる。面接官もにこやかに笑ってそれを聞いている。マスクをして街を歩いていたら、「瀬尾くんですか?」と女の子に声をかけられた。何も答えずに、軽く会釈して通り過ぎた。

瀬尾くんがパーソナリティを務めているラジオを繰り返し聴いていると、彼の言い回しや、息遣いの癖が夏子に馴染んでいくように感じる。筋肉がついて、身体が少し締まったけれど、肩や腰の女性らしい丸みはどうしても削ぎ落とせないのが悔しかった。外見を寄せていくことで、瀬尾くんの一部を理解できる気がした。自分のものにできる気がしたのだ。

日に日に夏子は研ぎ澄ましていった。筋トレも発声練習も欠かさなかったし、踊れる曲数も増えた。録画した音楽番組を繰り返し見て、雑誌のインタビューも隅から隅まで読んだ。生い立ちの時系列や、嗜好の変遷を頭に叩き込んだ。フォロワーが一万人を超えた。面接を受けた企業から、不採用の連絡が来た。動画再生サイトから、広告料として雀の涙ほどの入金があった。

不採用通知と入金連絡が並んで表示されているメールボックスを見て思わず笑ってしまう。どちらも等しく他人事のようで、現実味を持って夏子に迫ってこない。大学の卒業はもう目の前なのに、春からのことをうまく考えられない。奨学金の返済が始まることを心配している両親のこともすべて隅に追いやって、夏子は瀬尾くんの動画を眺め、トレーニングをする。いくら彼に近づいたところで夏子の人生は一向に進展しないけれど、ただ、不意に鏡に映る自分の表情に瀬尾くんらしさを認めるだけで、ああ今日も私は大丈夫だった、と根拠なく安堵してしまうのだった。

待ち合わせ場所に現れた晶は、ファンに囲まれている夏子を見て目を見張った。女の子たちは夏子を取り囲み、一緒に写真を撮ってくれだの壁ドンをしてくれだの口々に要求していた。ナツキくんですよね？　いつもツイッターで見てました！　とメッセージカードや手作りの菓子を手渡してくる者もいた。彼女たちをかわし、夏子は晶のもとにかけよった。女の子たちは非難の目で晶と夏子を見た。晶が、心なし得意げな表情をしたのを夏子は見逃さなかった。

晶もアイドルのコンサートに来るのは初めてだという。夏子と晶が学生時代によく行った、ロックバンドのライブやフェスの会場とはまるきり異なる様子に、二人とも面食らっていた。アイドルファンにはアイドルファンの文脈があるのだった。しっかり化粧をした女子たちは、まるでデートのような装いで会場に来ていた。

人混みの中で、一部異様な雰囲気を醸し出している場所があった。そこにはそれぞれのメンバーの顔真似をしている女たちが大勢いた。揃いの衣装を着て集まってポーズをとり、その様子をファンの女の子たちがスマートフォンを構えて写真を撮っていた。より完成度の高い顔真似さんの前には行列ができている。顔は男の子なのに体型は華奢なのでちぐはぐな印象を受ける。写メ撮ってください、とお願いされると、妙に高い声で「全然いいですよー」と愛想良く応じていた。

「何か、凄まじい光景だね」と晶は言った。「でも、夏子が一番似てるよ」

よくできてるねー、と言って、晶は夏子の前髪や耳のかたちを指で触れて確かめる。それは一万人のフォロワーに褒められることよりも、価値があることのように感じる。夏子が女の子に声をかけられると、夏子が何か言う前に、「あ、うちはそういうんじゃないんで」と晶が遮った。

会場内に入ってステージの目の前の席に辿り着くと、晶は興奮したように言った。

「何この席！　どうやってこんないいチケット手に入れたの？」

「私のアカウントにしつこくメッセージ送ってくる女に融通してもらった」

「貢ぎ物かよー。やるじゃん」

「ほかのメンバーの似てねえ顔真似してる女なんだけどさー、チケットの見返りに『相方になってください』って言われてるんだよね」

「相方って何」

「わかんない。漫才でもやるんじゃない」

「絶対ちげーよ」

晶は、そわそわと場内を見回して、ほんと、女ばっかだね！　と雑な感想を言った。ここに集まっている全員が、同じ五人の男たちに焦がれているという現実に当てられて、何だか具合が悪くなる。瀬尾くんのメンバーカラーである真っ赤なペンライトを準備した晶は、夏子の耳元で驚くほど下品な冗談を言ってけらけらと笑った。晶は、ここ一年で間違いなく一番上機嫌だ。この笑顔なんだよなあ、と夏子は思う。

「あー、何か、緊張してきちゃった……」

そう言って、晶は夏子の手をぎゅっと握った。進路の不明瞭な夏子の寄る辺ない日々の中で、晶はただひとつ寄り添うべき指標だった。就職してから面白いことがないなんてぼやく晶の毎日を、夏子が少しでも、退屈しないものに変えることができるなら良かった。

学生時代に、晶は夏子をちっとも退屈させなかった。しょうもない男に邪険にされたり、就活がうまくいかなかったりして気が塞いでも、晶がちょっとした面白いことを逐一見つけてきてくれるから、そんなのどうだっていいか、って思えたのだ。そういう些細なことの積み重ねで夏子の学生生活はできているし、そのひとつひとつを忘れたくないと強く思った。

夏子は、晶の熱い手を強く握り返した。面白いことばっかりだった毎日は終わって、いつだって朝は重たいかもしれないけど、夏子は夏子なりのやり方で晶に楽しいことを見つけてくるから、二人で一喜一憂しようよ。かったるい仕事とか、どうでもいい企業の不採用なんかで私たちは損なわれたりしないって、二人で確かめ合おう。私たちだったらきっとできるだろう。

いよいよ幕が上がる。晶は、夏子の手をぱっと離した。出会った時から今まで、夏子がかつて見たことのない表情をしている。五人が姿を現す。夏子とは似ても似つかない、ステージ上の圧倒的な本物に、夏子は身がすくんでしまう。晶は高い声で瀬尾くんの名前を呼ぶ。何万人もの女たちが、一心に彼らを見ている。誰も夏子のことなんて見ていない。それなのに、自分の出で立ちが急に滑稽に思えて逃げ出したくなる。スピーカーから流れる爆音と、女たちの歓声の只中にいて、夏子はひとり、静かで冷たい孤独を感じていた。すぐ隣に立つ晶さえもずっと遠くに感じる。夏子は、華やかなステージを目の前にして、私、春からどうするんだろうな、と妙に冷えた頭で考えていた。ずっと考えるのを避けていたことだった。夏子の思いを見透かすように、「今夜は嫌なことなんて忘れて、思いっきり盛り上がろうぜ」なんて瀬尾くんは言う。私たちの日常に、当たり前みたいに忘れたいことがあるって瀬尾くんは思っている。馬鹿にすんなよ。晶は、もう一切夏子の方を見ない。さっきまで晶に握られていた手が、まだ熱をもって所在なくたゆたう。にこやかにファンに手をふる彼とふいに目が合う。三秒、音もなく見つめ合って、瀬尾くんはかすかに瞳孔を開き、夏子に向かって、口の動きだけで何事かささやいた。夏子はそれを、腕を組んで見ていた。声は届かないけれど、彼が何とささやいたか理解できた気がした。

アイドルの子どもたち

思い出のカラオケボックスで、真琴《まこと》と紗織《さおり》が涙を流してデビュー曲を歌っている。うちらこれまで色んなことがあったよねって言い合って泣いている。色んなことがあったから今があるよねって。言っとくけどこれからあんたたち、もっと色んなことあるからねって教えてやりたい。まず、紗織は二十歳で金持ちのファンとでき婚してユニットは解散、芸能界を引退します。同じ年に真琴も当時そこそこ勢いのあった芸人とでき婚して双子の男の子を出産しますが、三年後に夫が不倫します。離婚は免れたものの、夫にはほとんど仕事がなくなり、一家の大黒柱として芸能活動を続けている真琴は、いつのまにか根付いていた明けっぴろげな毒舌女というキャラクターにとらわれ、元相方の紗織のエピソードを誇張して面白おかしく語ってしまい、二人に不仲説が流れます。真琴はネットで炎上し、週刊誌には紗織の自殺未遂疑惑が掲載されます。間もなく真琴の夫の二度目の不倫が発覚すると、二人はいよいよ離婚します。そんなこんなで、奇しくも同い年の真琴の息子と紗織の娘は、すくすく育って中学二年生、つまり二人の母親がアイドルとしてデビューした年齢になり、真琴のいない隙に真琴の建てた小綺麗な家で猿のようにセックスをしています。今ここ。

デビュー当時の思い出の地を再訪するという十五年以上も前のバラエティ番組の企画で、手を取り合って歌っている母親たちの動画を見ている緋奈子《ひなこ》に、半裸のままの洋輔《ようすけ》は、なーに見てんだよ気持ちわりい、と言ってジンジャーエールのペットボトルを手渡した。芸能人になりたいって思ったことある？　と聞くと、洋輔は、やだよ、だっせーもんと言った。

「なに、ヒナ、芸能人になりたいの？」

「絶対無理、足太いもん」

洋輔は、あーまあ言われてみればちょっと太いかもな、と言って制服のスカートをめくろうとするので、信じらんないきもい最低意味わかんない、と抵抗すると、さっきまで裸だったくせに、と笑われた。緋奈子の足は、中学に入ってから急に太くなったような気がする。スカートはひざ丈、かつ黒いタイツを合わせるのが一番足が細く見えるという独自の研究結果に従順に、緋奈子は夏でもタイツかストッキングを穿いているので、セックスのたびに洋輔を苛立たせている。

ノートパソコンの中で真琴と紗織は手をつないで、出会えて良かった、これからもずっと一緒だよねって泣いているけれど、今となってはほぼ絶縁状態になっているのを緋奈子も洋輔も知っている。まだ十代の真琴が涙声で「辛いこともあったけど、紗織と二人だったから乗り越えられたと思います」とカメラに向かってコメントしているのを見て、洋輔は「うっわ、泣いてるよーキモ」と言った。

アイドル時代の真琴と紗織は、可愛いけれど緋奈子の目にはどうも古臭くて、何なら二人とも今の方が垢抜けて美しく思える。家族で夕飯を食べている時、たまたまテレビで紗織の昔の映像が流れたので「さおちゃん、今の方が可愛いね」と言ったら、喜ぶと思ったのに紗織は何かをこらえるみたいな表情で笑った。珍しく家にいた父は、「お母さんは今も綺麗だけど、昔はそりゃあもう可愛かったんだよ」と言った。

動画が終了すると、関連動画のサムネイルに洋輔の顔が表示される。「もういいだろ」洋輔がパタンとノートパソコンを閉じる。「ババア帰ってくるから、そろそろ帰れよ」緋奈子は大人しく起き上がって帰り支度を始めた。家を出てすぐ、洋輔と同じ顔した男の子とすれ違った。男の子は顔を隠すように俯いて、緋奈子が出て来た家に静かに吸い込まれて行った。

紗織は、アイドル時代の話を緋奈子にあまり聞かせたがらない。ねだれば多少は話してくれるけれど、決して多くを語ろうとはしなかった。そうね、お手紙はたくさんもらったよ。でももう全部捨てちゃった。握手会はね、お母さんはやったことないの。うーん、どうだったかな。忘れちゃった。わかんない。楽しいこともあったし、大変なこともあったよ。でもね、お母さんは、緋奈《ヒナ》ちゃんのお母さんになれて、今が一番幸せ。

アイドルを、可愛い女の子たちが歌って踊る華やかなものだと思って素直に憧れていた時期は、ごく短かった気がする。恋人の存在がばれて坊主頭にしたり、たちの悪いファンに切りつけられたり、匿名で他のアイドルの悪口をネットに書き込んでいる女の子が何人も晒しあげられたりと、思わず眉をひそめるような報道ばかりが耳に入ってくる。媚びるような踊り方も、差別化を図るための珍妙なコンセプトも、すべてが滑稽で、熱を持って、殺伐としているように思えた。今に比べれば、母の時代のアイドルはだいぶ牧歌的だったのかもしれない。それでも、アイドル時代の話を持ち出すとたんに口が重くなる紗織を見ると、やはりアイドルというのは多かれ少なかれ醜悪なものなのだという思いが強まってしまうのだった。

紗織と緋奈子はよく似ていて、姉妹みたいだねと言われるし、自分でもそう思う。もう身長もほとんど変わらないし、二人で撮った写真などを見ると、往年の真琴と紗織よりもしっくり来ているくらいだ。ただ、はっきりと異なるのは二人の足の太さだ。紗織の足は腿からくるぶしまですべらかに細く、美しい。それに対して、緋奈子の足は白くむっちりとした肉にまんべんなく覆われており、とてもじゃないがみっともなくてジーンズなど穿けたもんじゃない。

緋奈子は、腰骨のあたりまでは紗織と同じく華奢なのに、尻から足首にかけて急に肉付きが良くなる。そのアンバランスさに、鏡で裸の自分を見るとおぞましくて吐き気がする。腰から下は自分じゃないみたいだ。身体の半分を占めている下半身が、ちっとも自分に馴染まない。ちょっと前まで、頭のてっぺんからつま先まで、当たり前みたいに細かったのだ。気づいたら下半身ばかりが肥大化していた。この体型になるまでに当然段階があったのだろうが、その移行期間をまるで思い出せない。

お受験を経て私立の中高一貫校に通っている緋奈子は、入学当初にあまりきつくなさそうだと思って卓球部に入部した。しかし、筋トレだったり走り込みだったりが存外厳しく、何より試合で着用するユニフォームの丈の短さが耐えられなくて一年ちょっとで辞めた。補欠だったからほとんどジャージを脱ぐ機会などなかったけれど、夏場に自分だけ頑なにジャージを脱がないのも目立って嫌だった。過剰に足の太さを気にしていると思われたくなかった。実際、緋奈子より足の太い同級生などいくらでもいた。緋奈子の足は太いけれども、一般的な女子中学生と比して、常軌を逸して太いわけではなかった。だからこそ、大っぴらに足の太さを嘆くことができずに歯がゆかった。

洋輔とは、卓球部を辞める少し前、中学二年生に上がった春に公式戦の会場で出会った。試合が終わって、ドリンクやタオルをまとめていると、「おい、久保《くぼ》紗織」と母の名で呼び止められたのだった。緋奈子を呼び止めた少年はパーカーのポケットに手を突っ込み、口元に薄い笑みを浮かべてこちらを見ていた。突然のことで面食らったが、緋奈子はその整った顔立ちに見覚えがあった。

その日、帰宅して着替えもそこそこにベッドに寝転がった。スマートフォンの検索窓に「井澤《いざわ》真琴　息子」と打ち込んで、ヒットした記事で彼の概要を知る。元アイドル井澤真琴の息子である井澤秀平《しゅうへい》は、平均年齢十六歳の七人組アイドルグループの一員として先月CDデビューしていた。デビューシングルはオリコンのウィークリーチャートで一位を記録。来期の朝ドラ出演も決定している。ネットのコメントを斜め読みすると、「また二世タレントかよ」「どうせ親のコネだろ」などという批判も多く目に付いた。

井澤秀平の存在は以前から知っていた。クラスメイトに、「ヒナっちママの相方の息子、アイドルになったんだってねー」とスマートフォンで画像を見せてもらったことがあったのだ。その時は気にも留めていなかった。

宣材写真の秀平は、心持ちつり上がった母親譲りの大きい目を細めてお手本みたいな顔で笑っているけれど、今日出会った少年はどこか気だるく、周囲を小馬鹿にするような笑い方をしていた。その印象の相違を怪訝に思ってさらに検索結果を開いていくと、井澤真琴の息子は双子であるとわかって腑に落ちた。グーグル先生は何でも知っている。

教えられたスカイプのＩＤを打ち込んで、表示されたアカウントに恐る恐るコールする。

「もしもし」

「試合お疲れー」

「出てないけどね」

「知ってる。見てたから。ねえ、ビデオ通話モードにしてよ。顔見たい」

「えー、やだよ」

「いいから」

慌てて前髪を整えて、しぶしぶビデオ通話モードに切り替えると、検索して出てきたのと同じ顔がこっちを見ていた。

「井澤秀平」

「よく知ってるじゃん」

「……の、双子の人？」

「何だ、知ってたんだ」

「ぐぐったら出てきたよ。大変だね」

「他人事みたいに言うけど、お前だってぐぐったら出てくんだよ。知ってる？」

嘘でしょ、と言って「久保紗織　娘」で検索する。緋奈子本人の画像こそ出てこなかったけれど、ゴシップサイトにフルネームと生年月日は載っていた。ほんとだ、さいあく、と言うと、彼は笑った。

「お前はまだいいよ。母親の芸名と苗字が違うだろ。俺は親が離婚してるから苗字も一緒だし、同じ顔の兄貴はテレビに出まくってるし、最悪だよ、ばかばかしい」

吐き棄てるように言いながら、洋輔はその状況をどこか楽しんでいるようだった。文句を言う割には髪型も兄の秀平とほとんど同じで、この男はわざとそうしているのかもしれないと思った。

「ねえ、何で今日の試合見に来てたの?」

「友達の友達が出てたんだよ」

「どこ中」

「西中」

「西中なんて来てたっけ」

「なに、俺がはるばる自分に会いに来たと思っちゃった?」

「別に、思ってないし」

一卵性双生児だという洋輔と秀平の顔はそっくりだけれど、笑い方は全然違う。洋輔は、常に嫌味っぽい薄笑いを浮かべている。

「お兄ちゃんみたいなアイドルスマイルできないの?」

洋輔は、できるよ、と言って頬に手を当てて、秀平とまるっきり同じ爽やかな笑顔をつくってみせた。「同じ顔なのにうさんくさい!」と笑うと、洋輔は自分の顔に戻って、うるせーよと悪態をついた。

お兄ちゃんの方にはほくろがあるんだね。目の下に。緋奈子がそう言うと、洋輔は、生まれた時からあるんだ、と言った。あいつにほくろがなかったら、赤ん坊の時なんか何回入れ替わっても気づかれやしなかっただろうな。泣きぼくろって、よく泣く人にあるんだってね。関係ねーよ。

それから緋奈子と洋輔は、毎日のようにスカイプで会話をした。どちらかがオンラインの表示になっていれば、どちらかがコールした。話すことがなくても、回線を繋いだまま それぞれ別のことをして、時々思い出したように口をきいた。キーボードの音、漫画のページをめくる音、マウスのクリック音、不意の息遣い、ラインの着信を知らせる振動。生活音というには無機質な音声をイヤホン越しに共有するだけで、何だかお互いを少しわかった気になってしまう。

たいていは風呂上がりにコールして、寝付くまで回線を繋ぎっぱなしにした。いつも先に寝てしまうのは緋奈子の方だったけれど、そのことを特に謝りはしなかった。緋奈子が寝てしまうといつの間にか通話は切られているのだった。しかし、深夜にふと目が覚めて、画面を見るとまだ回線が繋がっていることも時々あった。「起きてる？」と声をかけてかすれた声で返事があると、意味もなく嬉しかった。ごく稀に、朝起きてもまだ繋がっているることもあって、洋輔もそのまま寝ちゃったんだな、と微笑ましい気持ちになりながらそっと通話を切った。

洋輔と二度目に会ったのは、夏休みに入る直前の暑い日だった。緋奈子は卓球部を辞めたばかりで、清々しさを感じると同時に消耗もしていた。大人たちは、すんなりと部活を辞めさせてはくれずに、退部に明確な理由を求めた。彼らは、何かしらの人間関係が原因ではないかと勘ぐっていた。緋奈子のことを案じているというよりは、そこから何かさらに大きな問題に発展することを恐れているようだった。緋奈子は、自分の足の太さに耐えられなくなったから、などと言えるわけもなく、なるべく嘘を吐くまいとして、「卓球を好きになれそうと思って始めたけど、やっぱりどうしても好きになれなかった」と説明した。弱小部の補欠に甘んじている緋奈子をそれ以上引き止める者はいなかった。そうして保護者と担任と顧問の了承を得て、ようやく緋奈子の一部は自由になった。紗織は、「内申点に響くかなあ」としきりに心配していたけれど、父に「中高一貫なんだから内申なんて関係ないよ」と言われて安心していた。

放課後や休日が自由になって、解放感よりも戸惑いの方が大きかった。目の前の長い夏休みを、一体どう飼い慣らせばよいのだろうか。

しかし、校門のすぐ横に、制服をだらしなく着た洋輔が塀にもたれて待っているのを視界に入れた瞬間、この夏は特別なものになるだろう、という確信に近い予感に胸が震えた。

ただでさえ人目を引く他校の制服に、整った容姿も相まって、洋輔は下校中の生徒たちの視線を集めていた。緋奈子を見つけると、耳からイヤホンをひきぬいて軽く手を挙げた。洋輔は、校門から流れ出ていく生徒たちを見遣って、「毛並みが良いな、どいつもこいつも」とつまらなそうに言った。「まあ、お前もだけど」

「……わかんない、私はこれが普通だから」

洋輔は、期末試験が終わったのに教科書が詰まっている緋奈子の鞄を馬鹿にしながらも持ってくれた。かわりに持たされた洋輔の鞄はぺしゃんこだった。地下鉄を二回乗り換えて改札を出るまでの間、ほとんど何も入っていないような軽さの鞄を抱えた緋奈子は、どこへでも行ける心地だった。

洋輔は顔が綺麗だった。緋奈子の顔も生まれた時から整っていたけれど、電車の窓ガラスに映る洋輔と自分が目に入った時、初めてその事実の尊さを強く実感した。自分たちは美しいのだ。それだけで、今こうして二人で並んで下校しているということの事実が、得難い特別なワンシーンのように思えた。緋奈子の足さえもう少し細ければ、今この瞬間に非の打ち所がなかっただろう。

電車を降りる直前、同い年くらいの女の子に「井澤秀平くんですよね？　ファンです」と声をかけられた。洋輔は笑顔で「あっ違いまーす」と歌うように答えていた。女の子は不可解な顔をしていた。

生活感溢れる住宅街の一角に洋輔の家はあった。何だか妙に四角い印象を受ける都会的な一軒家は、周囲からやや浮いていた。ハウスキーパーのおばさんが週に二回入っているらしく、家の中は整然としていて、掃除が行き届いている。階段を登りながら「芸能人の家は違うね」と言うと、洋輔は鼻で笑った。

「ブームの去った芸人と元アイドルの子どもなんて、華やかでも何でもねえよ。金はねえのに半端に顔と名前は知れてて」

真琴は今でこそバラエティ番組に数多く出演しているけれど、洋輔が幼い頃はほとんど仕事がなかったのだという。

「親が離婚したばっかの頃はマジで貧乏で、この家とは比べものになんないほど狭い家に住んでた。子どもながらに教材費の集金日とか母ちゃんに言いづらくてさ、秀平とどっちが催促するかってんで、しょっちゅうケンカしたなー」

洋輔の部屋まではハウスキーパーさんも細かく片付けないようで、衣類や雑誌が散乱していた。ビデオ通話の時に画面に映りこんでいる見慣れた光景だ。

「別に俺たちは、みじめだとも不幸だとも思ってなかったんだ。母ちゃんは貧乏だったことをなかったことにしたいみたいだけど。うちには金がなかったって言えばいい、それなのに『あんたたちに色んな世界を見せたいからあえて公立の学校に入れたんだ』って言うんだ、ババア、笑わせんなよな」

緋奈子は、毒づいているときの洋輔の顔が一番美しいと思う。誰にも似ていない、紛れもなく洋輔だけの表情になる。その顔をじっと見つめている緋奈子に洋輔はゆっくり顔を近づけた。冷房の音がやけに大きく聞こえる。次第にその音も耳に入らなくなった。緋奈子は何も怖くなかったし、早くその先を知りたかった。あ、触れる、と思うと同時に目を閉じた。誰にも教わってないのに、緋奈子の体は、キスする瞬間に目を閉じるようにできているようで、それを神秘だと思った。試すように唇が合わさって、おそるおそる離れた。幾度か角度を変えて、唇を合わせる。ひとしきり唇を確かめ合った後、洋輔は緋奈子を横たえてセーラー服の裾を捲り上げ、下着の上から胸をつかんだ。揉むほどの肉がないことが恥ずかしく、身をよじると、逃げるなと叱るように肩を押さえつけられた。観念して体の力を抜き、腕で目元を覆うと、それすらも許さないと言わんばかりに腕を顔の横に固定された。知らない天井と、よく知らない男の子が視界に映る。洋輔が下着を押し上げてぎこちなく乳首に触れ、体がびくりと震えた。風呂に入る前のような色気のなさで服を脱いだ。洋輔の上半身は骨ばって薄っぺらい。お互い汗をかいていて、かすかに体育の後の教室のにおいがした。裸の胸を見せる時よりもタイツを脱ぐ時の方がはるかに緊張した。それもやがてどうでもよくなった。

持て余すほどかと思われた部活動のない夏休みも、終わってみればあっという間だった。

緋奈子は一切日に焼けていない両足を相変わらずタイツで覆っていたけれど、その薄い生地の中身は夏休み前とは別の生き物になっていた。過ぎ去ったばかりの、まだ息遣いが耳元に残っている中学二年生の夏休みを、頬杖をついて反芻する。休み中の課題を解説している教師の声が、ずいぶんと遠くに聞こえる。

夏の間に、好奇心は紛れもない性欲にかたちを変えて、むくむくと肥大した。夏休みの多くの時間を洋輔の部屋で過ごし、会う度にセックスをした。初めのうちは痛みと戸惑いにまみれた行為だったけれど、次第に身体に馴染み、たゆたうように感覚に身を任せることができた。緋奈子はこの夏休みで、自分には穴があるのだということを思い知った。この穴は生まれてこの方存在し続けていたはずなのに、まるでもともとそこは壁だったかのように、足の間にぽっかりと空洞があるのを強く感じるようになってしまった。穴のあいているこの身体は不完全で、一刻も早くここを埋めなければ、という焦燥すら抱くようになった。おそらくこの教室の誰にも理解されない焦燥だった。

クラスメイトたちは、洋輔の言う通り、確かに「毛並みが良い」のかもしれない。みんな毛並みが良いから、軽率に人をいじめたりしないし、軽率にセックスしたりもしない。社会科の奥貫《おくぬき》先生は生徒の顔が覚えられないと言って、社会の授業の時だけ生徒たちを出席番号順に座らせていた。緋奈子は頬杖をつき、廊下側の一番前、お調子者の阿部《あべ》くんから順に眺めていって、セックスしたことがあるかどうか一人ずつ検討していく。もしかしたら、ってのは二、三人いる。でも実際にはやってないんだろうなと思う。クラスメイトは、中学生のくせにみんな保身に長けていて、含み笑いの対象にならないように如才なく振る舞うことができる。彼氏彼女もほとんどいない、いじめすらないこのクラスで、誰がセックスなんて頭の悪そうなことをしようと思うんだろう。

何度めかのセックスの後、何か、慣れてる？　と尋ねると、洋輔は「勉強熱心だから、俺」と言った。「一緒に勉強しよっか」と言う洋輔の足の間に体育座りでおさまって、教材であるところのノートパソコンを二人で覗き込む。洋輔は慣れた手つきで検索ワードを打ち込んでエロ動画サイトを開いた。

「手際良すぎてキモイんですけど」

「うるせー。男子はみんな慣れてんだっつの」

「いちいち検索してんの？　ブックマークしとけばいいんじゃないの？」

「ブクマに残しとくのはやなんだよ」

開いたページにずらりと並ぶサムネイルの肌色にめまいがする。その中から女優が可愛いっぽい一本を洋輔が適当に選んで再生した。あられもない格好で体を開かれている女の嬌声と肉のぶつかる音に驚いて思わず腰が引けてしまい、後ろの洋輔と密着するかたちになった。耳元で、ＡＶ見んの初めて？　と囁かれ、無言で頷いた。緋奈子は、画面から目をそらせなかった。セックスそのものよりも、無料で他人のセックスが見られる仕組みが不思議だと思った。体がよく映るように不自然な体勢で汚いオッサンに挿入されている女のセックスを見ていると、悲しくて目に涙が滲んだ。自分は何を悲しいと思っているのかわからないけれど悲しい。性的な気持ちには程遠いのに、欲情した洋輔に体をいじられて不快だった。不快だったのに容易く濡れた。自分も動物だと思った。

ろくにノートもとらないままに授業が終わって、生徒たちは出席番号順から解放された。本来の緋奈子の席に座っている男子生徒の片付けがもたもたと遅いので、行き場をなくして教科書を抱えたまま、仲良しグループの女の子の席のそばでしばらく立ち尽くすはめになる。ある女の子が、「吉崎《よしざき》くん、ヒナっちの席に座ってたいからなかなかどかないんじゃない？」と小声で言う。「モテる女は辛いねー」女子生徒が一斉に笑う。緋奈子は、自分も一緒に笑っていいものか判断がつかない。

「ヒナっち、夏休みどっか行った？」

「うーん、特に遠出はしてないけど、お母さんとパンケーキ食べに行ったりはしたよ」

スマートフォンで紗織と緋奈子が巨大なパンケーキの前でピースしている写真を表示させると、女生徒達は一斉に覗き込んで、二人ともめっちゃ可愛いー！　似てるー！　と口々に感想を述べた。

「うちのパパ、ヒナっちママのファンだったんだよー。この写メ見せていい？」

「いいよー、ラインで送っとく」

「えー私も欲しい！　グループラインに上げてー」

「パパ、集合写真見せても私よりヒナっちのこと先に探すからね。紗織ちゃんの娘はどれだー！　って言って」

かまびすしく喋っていた女子が急に声を潜めて、「ねえねえ、陸部《りくぶ》の間で噂になってるんだけど、こないだヒナっちのこと、井澤秀平が学校まで迎えに来てたってほんと？」と言った。視線が一斉に緋奈子に集まって、これが本題だったのだと知る。うーん、まあ、そうだね、と答えると、女子たちは、きゃーっ！　とほとんど悲鳴のような声で叫んだ。

「えー、ちょっと聞いてないんだけど！　どういうことー？　付き合ってんの？」

「うーん、いや、ほら、うちお母さんがあれだからさ」

「紹介してよー！　テレビのまんまで超かっこよかったってまいまいが言ってた！」

「井澤秀平が出てるドラマ見てる？　おもしろくない？」

「見てる！　おもしろいし、アイドルのくせに演技うまいよね」

「ちょっとー、アイドルのくせにとかヒナっちの前で失礼だぞっ」

「あっ、すいません緋奈子さまー！」

息をつく暇もないお喋りの応酬に、緋奈子はうまいこと口をはさめない。必要最低限の相槌を打ちながら、私だけにしかあいていない穴のことを思う。

休み時間の終了を告げるチャイムが鳴って、名残惜しそうに女子たちは散り散りになる。

緋奈子の席からも、ようやく吉崎くんが立ち上がった。なるべく目を合わせないように、ほとんど入れ替わりに着席する。座席に残ったぬるい温度が腿の裏から伝わってきて気分が悪い。自席に着いた吉崎くんを目の端で盗み見る。前髪が長く、度の強い眼鏡をかけていて表情がほとんど読み取れない。吉崎くんの成績は学年トップだ。開成中学に落ちてここに入学したのだという彼の父親は医者で、母親は音大の先生。女の子たちがそう言っていたから知っている。吉崎くんのお兄さんは二人とも開成出身で、長男は現役東大生なのだそうだ。吉崎くんは、高等部から開成に入るべく猛勉強しているらしい。本人が決して口にしていないであろう情報を、なぜかほとんどのクラスメイトが共有している。緋奈子自身は、吉崎くんの声すらろくに聞いたことがない。緋奈子にわかるのは、彼が間違いなく童貞っていうことだけだ。

どのくらいの頻度で「勉強」しているのか洋輔に尋ねると、「んー、まあ、何だかんだほとんど毎日してるかな……」と言った。

後背位は奥に当たって声が出てしまうし、羞恥が大きい体勢なので好きじゃない。洋輔にそう伝えてから、後背位の時間が露骨に長くなった。言うんじゃなかった。緋奈子は長いこと四つん這いにされて後ろから突かれていた。絶え間ない強い刺激と、自分の太い下半身と結合部が洋輔からどう見えているのかが気になってどうにかなってしまいそうだ。

尻を上げたままぺたりとうつ伏せになって腕が疲れたという意思表示をするも、洋輔に冷たく「ほら、ちゃんと起き上がって」とたしなめられた。腰をぐっとつかみ、緋奈子を弄ぶように一突きが重たい律動を不規則に続けるのでたまらない。その度に漏れる声がほとんど涙声になってしまった頃、ようやく許してもらえた。バックから寝バックに移行することを、洋輔は緋奈子へのご褒美のように捉えているようで腹立たしいけれど、実際に寝バックの姿勢が一番好きだった。足を閉じているので圧迫感が増して気持ちいいし、下半身を見られる心配もないので、安心して快楽に身を任せられる。顔の横では自分の手と洋輔の手が重なっていた。耳のすぐ近くに洋輔の顔があって、息遣いが間近に感じられる。余裕のない呼吸音と、肉どうしがぶつかる音と、体液がたてる水音がだんだんと早まっていく。最後にぐっと強く押し込んで洋輔は射精した。どくんどくんと避妊具越しに精液が放出され、性器が硬度を失うのを体の内側で感じる。洋輔は、ぺたんと緋奈子の背中に覆いかぶさったまましばらく呼吸を整えていた。起き上がる時、二人の汗がぱちゅんと音を立ててしっとりと離れた。性器を抜かれた拍子に油断して声が出てしまった。

洋輔は避妊具を乱暴に処理して、あーあっちい、と言いながら緋奈子の横に仰向けに寝転んだ。洋輔と緋奈子はセックスばかりしていても決して向こう見ずではなくて、ちょっと可愛げがないくらい毎回避妊をした。もし何かの間違いで子どもができたとして、足の細い子が生まれたらいいなと思う。

緋奈子は枕元に放り投げてあったスマートフォンを手にして、着信を確認した。最近ワンプレートご飯に凝っている紗織から「今日のご飯は『砂肝と椎茸のローズマリー炒め』だよ☆☆」とラインが入っている。あまり味の想像がつかない。「やったあとすぐスマホ見てるー感じわるーい」と洋輔がスマホを覗き込んで言うので、うるさいなー、とカメラを向ける。「ちょっとやめてください。事務所通してください」「馬鹿じゃないの！」ふざけて連写すると、洋輔は読モのようにくるくると表情を変えて緋奈子を笑わせた。

緋奈子は、紗織に「了解」のスタンプで返信しながら、「うちらの親さー、やっぱ仲良くなかったっぽいよね」と言った。

洋輔は、ふかふかの枕に顔をうずめて、まあ、そうだろうな、と言った。やり終わって眠たそうな目がゆっくりとこちらを見やる時の、まつ毛の揺れ。

「さおちゃん、口癖みたいに『マコちゃんは芸能界でずっと頑張ってて立派だと思うけど、私の方が幸せだと思うの。だって、マコちゃんには男の子しかいないけど私には可愛い女の子がいるんだもの』って言うんだよね。ヒナちゃんもいっぱい勉強して、愛される幸せな女の子になってね、って。意味わかんない。自分は高校もろくに行かないで十七も年上のファンとデキ婚したくせに」

「お前は可愛いからみんなに愛されるだろうけど、俺の親父みたいな男にだけは引っかかんなよ」

洋輔が顔をうずめている枕は、正常位の時にいつも緋奈子の腰の下にしくもので、やるたび汚れるけど顔も知らないハウスキーパーさんが洗ってくれるので問題ない。ゴミ箱に放り捨てた避妊具を、何も言わずに処理してくれるハウスキーパーさん。

「もう引っかかってるんですけど」

「じゃー俺が世界一幸せな女の子にしてやるよ。それで母ちゃんも安心だろ」と洋輔が言うので、絶対安心しないと思う！　と笑った。

「そういえばー、井澤秀平かっこいいってクラスの子が言ってたよ？」と裸のままの洋輔の肩に頭をもたれさせて言うと、洋輔は、わざとどうでも良さそうな表情をつくって、

「ふううーん。で？」と意地悪く言うので怯んでしまった。

「別に。いちおー報告してみただけ」

「兄貴がかっこいいって言われて、おんなじ顔だから俺も喜ぶとでも思ったわけ？」

「そんなんじゃないよ、だって全然違うじゃん、洋輔と井澤秀平は」

緋奈子が取り繕うように言うと、お前、わかってんじゃーん、と洋輔は満足げに目を細めて緋奈子の頭をぐしゃぐしゃと撫で、中学で兄より自分の方がいかに人気があるかを語り始めた。緋奈子は、洋輔のせいで絡まってしまった細くて長い髪を手ぐしで整えながらそれを聞いた。洋輔に言わせれば、秀平は「学校では白けたツラしてるくせに見ず知らずの女に媚びてるキモイ奴」らしい。一方自分はクラスの中心的存在で、男女問わず友達も

多く、今学期は席替えで周囲に仲の良いメンバーの揃った窓際最後尾の「王様席」を引き当て、秋にはその最高の班で林間学校へ行くのだと嬉しそうに言った。確かに、席替えで洋輔と同じ班になったらその学期は楽しいものになりそうだ。ただ、芸能人だってことを抜きにして、洋輔より秀平派だという女子も大勢いるのだろうなと、クラスの女子に編んでもらったのだという鮮やかなオレンジ色のミサンガを見せられながら考えていた。

年に一度、秀平と洋輔は父親に会うことになっている。彼らが生まれた十一月十七日に一番近い土曜日、真琴の指定する店で三人は昼食をとる。洋輔と秀平が中学を卒業するまでその決まりは守られるのだという。

渋谷のゲームセンターに呼び出された緋奈子は、バスケットボールゲームをしている洋輔に背後から近づいて、転がってくるボールを勝手に拾ってシュートした。真剣に狙ったのにまるで届かない。「おいこらへたくそー」と洋輔は笑う。お父さん元気だった？　と尋ねると、知らね、普通じゃん？　と洋輔は言った。

「親父と話すことなんて、ねーよ。中二にもなってよー」

居心地の悪い思いをしている洋輔の姿が容易に想像できて笑える。「一年に一回しか会わなきゃ、他人だよ他人」洋輔はシュートを打ち続ける。リングに当たったボールが派手に跳ね返った。八分丈のカーゴパンツから無防備にのぞくアキレス腱の筋が、シュートを打つたびに強調される。

「親父さー、昔はほくろなんか見なくても俺と秀平のこと見分けられたのに、今はほくろ見たってどっちがどっちだかわかんないんだぜ」

ゲームセットになって、床に置いていた荷物を引き上げて移動する。店内のBGMが切り替わり、秀平のデビュー曲が流れ出した。自然と秀平の声だけを耳がより分ける。プリクラ撮ろうよ、とプリクラ機の方に誘導された。機種がたくさんあるけれどよくわからなくて、長い列の後ろに適当に並ぶ。

「ねえ、ここ、描いてよ」

洋輔が目元を指差して言う。緋奈子は、ペンケースからサインペンを出して、左目の下に泣きぼくろを描き入れた。

「何でさー、私に声かけたの？」

「んー？」

ゲームセンターは騒がしくて、声を張り上げないと会話もままならない。あの日、卓球の大会で！　と耳元で話した。

「何でだろなー」

プリクラ機の、3、2、1のカウントに合わせてキスしたけど、いざ画像を見たら、照明がきつくてせっかく描いたほくろは飛んじゃってた。まるっきり俺じゃん！　って言って洋輔は笑った。

　エアホッケーして、容赦なくコテンパンに負かされた上に、洋輔が強打したパックが手の甲に当たってふてくされていたらセブンティーンアイスを買ってくれた。緋奈子がチョコミントを選ぶと、洋輔は信じらんねーと言った。人通りの少ない階段に座って食べた。今日はやけに天気が良くて、十一月なのにゲームセンターの中は蒸し暑いほどだったけれど、非常階段は空気がひんやりとしていて気持ちが良かった。洋輔は、緋奈子の顔をじっと見つめて言った。

「何か、たまたま入ったコンビニで、自分の誕生日と同じ賞味期限のヨーグルト見つけてつい買っちゃったみたいな、そんな感じ？」

「何それ」

　そういえば洋輔誕生日なんだっけ？　一口あげるよ、とアイスを差し出すと、俺が買ったんだっつーの、と腹を小突かれた。食べ終わらないうちから、洋輔のじっとりした視線や口調でやりたがっているのはわかったけれど、アイスの棒をしつこく口から離さず知らんぷりしていた。焦れた洋輔は緋奈子の口から棒を引き抜いて放り捨て、膝を押さえつけて唇ごと食べるようなキスをした。さんざん口の中をなめまわした後に、チョコミントくそまじい、と言って舌を出してみせた。膝に置いた手が腿を撫で、ロングスカートのすそをまくりあげる。緋奈子は洋輔の首に手を回してされるがままになっている。まさぐられている最中に、左目の下に描かれた泣きぼくろがおかしくなって笑ってしまう。それが不快だったようで、洋輔の手の動きが乱暴になり、喉の奥から声が漏れた。店舗と階段を隔てる重いドアが開いて、店内のＢＧＭと、女子高生らしき集団の話し声が入ってくる。緋奈子はとっさに洋輔から手を離す。洋輔は何も言わずに立ち上がり、緋奈子の手を引いてその場を離れ、多目的トイレへとなだれこんだ。

水泳の次に憎んでいるマラソンの授業を終えて更衣室のロッカーを開けた瞬間に違和感があった。中身を確認すると、しまったはずのスマートフォンと百十デニールのタイツが見当たらない。自分のテリトリーが侵された不快感と気味の悪さに、しばらく目を閉じて立ち尽くす。

スカートの下にジャージを穿いて改札から出てきた緋奈子を見て洋輔は吹き出し、何でそんな可愛いかっこしてるの？　とからかった。うるさい、と強めに腕を叩く。

クラスメイトには、タイツに穴が空いてしまったと説明した。被害者ぶりたくなかった。教室に入った瞬間、吉崎くんが緋奈子の足を盗み見たような気がしたとしても。吉崎くんは今日の体育を休んだということを、クラスの男子からそれとなく聞いた。

スマートフォンは、教室に置きっぱなしにしていた鞄のポケットから出てきた。緋奈子が日常的にスマートフォンを入れているポケットだ。でも、緋奈子は体育の前にスマートフォンをロッカーにしまったはずなのだった。ロッカールームを出る直前、洋輔に「マラソン超だるい」とメッセージを送っているのだから。履歴だって残っている。

洋輔が自転車を停めていた駅の近くのコンビニで肉まんを買った。レジを打っている店員が洋輔をちらちらと見ていた。肉まんを半分にちぎって、うまく半分にならなかった切れ端みたいな方を洋輔に渡した。洋輔は、自転車を片手で器用に転がしながらそれを一口で食べた。前方から歩いてきた女子高生らしい二人組が、スマートフォン片手にこちらを見やりながら目配せしていて、すれ違ったあとも方向転換して後ろからついて来た。クソが、と悪態をついて洋輔が自転車にまたがったので、緋奈子も慌てて荷台にまたがった。ペダルを踏み込んで自転車が走り出すと、女子高生二人は露骨に残念そうな顔をした。後ろからスマートフォンのシャッター音が聞こえる。洋輔は舌打ちをして、女子高生たちの前まで引き返した。「うぜえんだよブス！」となじり、再度方向転換して彼女達から遠ざかると、一拍遅れて、はあ？　意味わかんないんだけど！　と毒づく声が聞こえた。洋輔はスピードを上げてぐんぐん引き離した。

洋輔の家に着くと、ほとんど駆け上がるように階段を登って、部屋の扉を閉めるのももどかしいままキスをした。自転車を漕いでいた洋輔の頬は火照っていて、唇は冷たかった。指でしている時は、探るように試すように緋奈子に触れるのに、挿入した瞬間、ああ、俺のかたちだ、と言った。確かめて安堵して、心置きなく緋奈子に覆いかぶさった。自分が気持ちいいような動き方で腰を動かす。緋奈子のことなどおかまいなしで律動を続ける洋輔の細い腰が、ばちんばちんと内腿にぶつかる。初めてした翌日は、正常位の時に腰骨が当たる内腿が痛んで仕方なかったけれど、いつの間にかその痛みも感じなくなっていた。見た目には何も変わらない自分のからだが、洋輔に馴染んできていることを奇妙に思った。射精に向かって一層腰を強く打ち付け、放出したあと、余韻を味わうようにゆるやかになすりつけた。洋輔は、仰向けの緋奈子に重なったまま力を抜き、呼吸を整える。お互いの腹がぴったりくっついたまま上下する。

「知らねえやつが自分のことを知ってんの、慣れたつもりでいたけどやっぱり慣れねえな。あいつらが知ってんのは厳密には俺じゃないんだけどさ」

洋輔は仰向けになり、緋奈子の頬についた髪の毛を優しく取り払った。

「俺たちはいつだって……」

洋輔はそこまで言うと口を噤んだ。緋奈子は、洋輔の何のしるしもない目元を指でなぞりながら、また足の間の穴のことを考えていた。ぽっかりあいている、一刻も早く埋めなければいけない穴のことを。二人は無言でもう一回重なって、少しの間だけお互いを補完し合った。

洋輔が女子高生に罵声を浴びせている動画がツイッターに出回ったのはその日の夜だっ

た。「井澤秀平見かけて声かけたらうぜえんだよブス！　って怒鳴られた。超感じ悪い。ファンだったのに」というコメント付きで投稿されたその動画が発端となって、いつ撮られたかもわからない、隠し撮りと思われる写真が次々とネットにアップされていった。洋輔と緋奈子が二人で歩いている画像。ホームで電車を待ちながら二人でスマートフォンをいじっている画像。ゲームセンターの非常階段で密着している画像。これらの写真は、以前から一部の井澤秀平ファンの間で話題になっていたが、いずれも粗い写真なので本人と断定する決め手に欠けていたようだ。それが、今日アップされた動画とあわせていよいよ井澤秀平本人なのではないかという疑惑が強まっているのだった。うぜえんだよブス！と罵る声を、間違いなく井澤秀平の声だと言ってコメントは荒れる。荷台にまたがって、ちらりとカメラの方を見る緋奈子のとぼけた顔もしっかりと映っていた。インターネットは洋輔と緋奈子を置いてけぼりにして、熱を持って加速していく。動悸が激しくなっていくのを感じながら、震える指で画面をスクロールしてコメントを読んだ。「この子、久保紗織の娘だよ。従姉妹が同じ中学に通ってる。久保紗織、体育祭とか普通に見に来るらしいよ」「さおりんとマコちゃんの子どもどうしが付き合ってるってこと？　最高じゃん」「秀平マジ自覚ない。今がグループとしても個人としても大事な時期だっていうことわかってんのかな」「この写真絶対入ってるだろ」「親が親なら子も子だな。デキ婚ユニット。娘も妊娠待ったなし」「本当に井澤秀平の声じゃん。ウケる」「これ秀くんじゃないよ。ファン思いの秀くんがこんなつまんない写真撮られるわけないし、秀くんが一番好きな女性はエマ・ワトソンだっていうのはファンの間では常識だから。これ、秀くんの双子の弟だよ」「井澤オタ必死だな。きもいわ」「今時中学生でもセックスしてるっていうのにお前らときたら」「二人乗りするガキ、マジ迷惑だから絶滅してくんねえかな」「俺だって可愛い彼女と二人乗りしてやりまくる中学時代送りたかったわ」「井澤真琴ちゃんと教育しろよ」最後までざっとコメントを読み終えて、ひとまず緋奈子の足の太さには言及されていないことを確認して深く安堵した。

勝手なこと言ってやがんな、どいつもこいつも。自分たちのことが書かれている掲示板を読みながら、スカイプ越しに洋輔は言った。

「全部秀平のせいになってやんの。うける」

「ねえ、これ怒られるんじゃないの？」

「なんでだよ」

「秀平くんの、事務所の人とかに」

「兄貴がアイドルだから、弟もコソコソ暮らせって？」洋輔は、得意の意地の悪い笑い方をした。「知るか。俺の人生だ」

いつも振り回されてんのは俺たちの方なんだよ、と洋輔は吐き捨てるように言った。

自分たちが話題になっているという興奮も次第に収まって、緋奈子は漫画を読み、洋輔はネトゲを始めた。今回の件で、洋輔には友人からメッセージが大量に来ているらしく、イヤホン越しにラインの着信を告げるバイブレーションがひっきりなしに響いている。緋奈子のスマホには一件もメッセージは届かない。

「緋奈子」

無言の時間が長かったせいで反応が遅くなる。

「緋奈子」

「あ、ごめん、何」

「お前さあ、誰かに俺たちの写真送ったりした？」

「……送ってないよ。洋輔のこと、誰にも言ってない」

洋輔からスカイプを通じてある掲示板のＵＲＬが送られてくる。そこには、明らかに隠し撮りではない、顔の造作もはっきりとわかる、鮮明な画像が大量に投稿されていた。緋奈子には、それらの写真のすべてに見覚えがあった。二人乗り中の自撮り、せっかく描いたほくろが一切映らなかったプリクラ、服が乱れたままのツーショット、ふざけてキスしながら撮った写真、半裸でジンジャーエールを飲んでる洋輔、事後の寝顔。洋輔は写っていない、緋奈子と紗織がパンケーキを食べている写真まで投稿されていた。今緋奈子の手の中にあるスマートフォンのデータフォルダが、そのままインターネット上に公開されているかのようだった。心当たりないわけ、と尋問されるように訊かれて、体育の時間にタイツとスマートフォンがなくなっていたことを告げると、スマホにパスワードかけてなかったのかよ、と呆れたように言われた。

「かけてたよ、パスワード」

「どうせ誕生日とか１２３４とかにしてたんだろ」

「誕生日にしてた」

「そんなんパスワードの意味ねーよ」

「洋輔の誕生日だよ」

「俺の？」

「だいたい洋輔の誕生日がウィキペディアに載ってるからいけないんじゃん」

「だから、それは俺のじゃねーだろ！」

ぐ、と二人が押し黙る。イヤホン越しに、洋輔が声を荒げたことを後悔しているのを感じる。画面をスクロールして、世界に発信されてしまった自分たちの写真を眺める。緋奈子も洋輔も、何の悩みもないですって顔して大口開けて笑っている。そこに写っているのは紛れもなく自分たちなのに、まるで全然知らない二人みたいだ。洋輔の笑い方は、秀平とは全然違うと思っていた。でもこうして緋奈子の手の中を離れてみると、洋輔と秀平の笑顔はよく似ていた。それほど前の写真ではないのに、撮ったときにどんな気持ちでいたか、もうすっかり思い出せない。何か私たち、すごい楽しそうだねと他人事のように呟くと、俺もおんなじこと思ってた、と洋輔も言った。

翌日は、頭が痛いと言って学校を休んだ。緋奈子は、半年に一回くらい仮病を使って学校を休む。紗織は大げさに心配する一方で、家に緋奈子がいるのを内心喜んでいる。紗織が機嫌よく家事をしている音をベッドに伏せって聞く。紗織は時々ドアをノックして、おうどん食べる？　紅茶飲む？　こないだのラピュタ録画してあるよ？　と笑顔で声をかけてくる。緋奈子はそれらのだいたい全てを受け入れる。

クラスメイトからは一切連絡が来ない。まとめサイトに掲載され、下世話なネットニュースにも取り上げられていたから、この騒動を誰も気づいていないなんてことはまずありえない。仲良しグループのラインでは誰も発言せず、緋奈子以外の五人全員が様子をうかがっているようだった。迂闊なことを言わないように。真偽のほどもわからないデリケートな話題に直面して慎重になっている友人たちのそつのなさが、気楽な時もあるけれど、今は鼻につく。

写真の流出を、たくさんの匿名の人間が愚かだって言っている。緋奈子が故意に流出させたのだと推測している人も多くいる。緋奈子の落ち度を得意げにあげつらっている匿名の人間の人数や姿かたちを、緋奈子は知りえない。それは世間の総意のようにも思えるし、軽薄で無責任な悪意の上澄みを抽出したもののようにも思える。何でこの人たちは、こんなに緋奈子と洋輔を馬鹿にして、声高に批判しているのだろう。緋奈子には、自分が何を責められているのかちっともわからない。

うつらうつらと居眠りとエゴサーチを繰り返し、同じ批判を何度も読んでは憤った。夕食にも口をつけずにベッドに横たわっていると、紗織からリビングに呼ばれた。その声色で、これは召集だとわかった。まだ二十一時だというのに父が帰宅していた。父は、この時間にはまず家にいない。ソファに腰を下ろすと、父は、何で呼ばれたかわかっているね？　と穏やかに言った。緋奈子は肯定も否定もしなかった。寝すぎて頭が痛かった。

父は、異性との交際と、インターネットの扱いに対して、もう少し慎重になるべきだと緋奈子を諭した。父が丁寧に言葉を選んで冷静に話をしていることが何だか腹立たしかった。

緋奈子の口から経緯を聞かせてほしいと父は言った。「わたしたちは」と口に出したところで、言葉が出なくなってしまった。経緯って何なんだろう。緋奈子と洋輔の経緯って、何。緋奈子は自分の中に、洋輔のことを語る言葉を持っていなくて、途方に暮れてしまった。言葉に詰まって生まれた沈黙を破ったのは「ヒナちゃんがかわいそうだよ！」という紗織の声だった。

「女の子なのに、こんな、い、いやらしい写真がネットに公開されちゃってさあ。就職とか結婚とかどうすんのよ。許せないよ。ヒナちゃんにちょっかい出してさあ。だいたい、マコちゃんはどういうつもりなのかな？　芸能界で頑張るのは良いけど、子どものことほったらかしてちゃしょうがないじゃん。そのせいでヒ、ヒナちゃんがこんな目にあって、私が引退した意味って一体何だったの？」

　紗織は涙を流していた。緋奈子は、紗織が泣くのを音楽番組やYouTube以外で初めて見た。涙が出るほど緋奈子の未来は損なわれてしまったというのだろうか。

　父は、しばらくインターネットから距離をおいた方がいいと、穏やかに、しかし有無を言わせぬ口調で言った。スマートフォンとノートパソコンを没収された緋奈子は、驚くほど手持ち無沙汰になった。ひとたびインターネットから切り離されてみれば、緋奈子と洋輔のことなど、世界中の誰も関心を持っていないように思えた。私たちの人生を無遠慮に揺さぶった人たちも、中学生の子どもたちを晒しあげて笑ったことなんて、すっかり忘れて生きていくのだろう。

　毛並みの良いクラスメイトたちは、多くを語らない緋奈子を慮《おもんぱか》り、労《いた》わった。直接確認されることはなかったが、緋奈子は女友達に裏切られて写真が流出し、秀平と別れざるを得なくなった、というのが女子の間での通説になっていた。一ヶ月後に緋奈子の手元に戻ってきたスマートフォンとノートパソコンは、両方ともきれいに初期化されていた。緋奈子の手を離れていた間に洋輔からコンタクトがあったかどうか、知る術はないし、連絡先も失われていた。もう洋輔に会うことはないんだろうなと、新品のようなスマートフォンを繰りながら思った。家の場所も知っているし、通っている中学も知っているから、その気になれば会いに行くことができる。ただ、緋奈子も洋輔も、決してそれをしないだろうと思った。

ベッドに寝転び、スマートフォンにイヤホンを装着する。ブラウザの検索窓に、洋輔と二人で見たエロ動画サイトの名前を打ち込んで、適当な動画を再生した。あの時は醜悪で悲しいと思った名前も知らない女たちのセックスが、今は何だか卑近に感じられる。一切の嫌悪感なく、シンプルにエロを享受できた。一人の行為は自由で味気なく歯止めがきかない。動画サイトには連日何本も新しい動画が配信されるけれど、ひとつとして記憶に残るものはなかったし、繰り返し見たいと思うものもなかった。それらを勉強の合間に使い捨ててよく眠った。エロ動画と自分の指は、息抜きや睡眠導入には有用だったけれど、それだけで、緋奈子の穴を埋めることはなかった。

緋奈子は、外部の高校を受験するために、受験勉強に精を出した。緋奈子の通う中高一貫校は、高校受験を想定していないカリキュラムを組んでいるので、日々の授業は受験にはあまり役に立たない。緋奈子は授業のほとんどを居眠りして過ごし、教師もそれを特に注意しなかった。高校受験に備えて入った塾には、吉崎くんも通っていた。吉崎くんは塾でもトップの成績で、最難関私立校受験対策クラスに在籍していた。三年生になってから中学のクラスも別れていたので、相変わらず一切会話をすることはなかった。吉崎くんは、念願の、いや念願だったかは知らないが、開成の高等部に合格し、緋奈子も志望していた都立高校に受かった。

先生に結果を報告した帰り道、塾の手前の交差点で信号待ちをしている吉崎くんと居合わせたので、「私はあんたのしたこと、絶対一生忘れないし許さないから」と言ってみた。吉崎くんは、長い前髪の向こうから緋奈子の首元あたりを見て、「それが僕への呪いになるって思ってるの、本当頭悪いよね」と早口で言った。「パスワードを彼氏の誕生日にしてるとか、頭悪すぎ。ビッチ」彼氏っていうのは、洋輔のことを言っているのか秀平のことを言っているのか、緋奈子には判断がつかなかった。私のタイツ、何に使ってんの？と聞いたけれど、返事をせずに、一度も目を合わせないまま青信号と同時に吉崎くんは去っていった。

ほとんどの生徒がエスカレーター式の高等部に進学するため、中学の卒業式はあっさりと、味気なく終了した。それでも一応打ち上げの真似事のようなことが学校近くのお好み焼き屋で行われた。もちろん誰もアルコールなど注文しない、笑っちゃうほど健全な打ち上げだ。このクラスから外部に進学するのは緋奈子だけだったので、クラスメイトから寄せ書きを貰ったり、ひっきりなしに写真を求められたりした。緋奈子が「悪用しないでねー」と冗談を言うと、一瞬場が静まったのちに、みんな笑った。緋奈子も笑った。ろくに話したことのないクラスメイトも、代わる代わる緋奈子に声をかけに来た。今になって、このクラス、結構悪くなかったのかもな、と思った。

店を出て、クラスメイトと別れて一人になった時、ひんやりとした風を頬に受けながら、ああ、中学生活が終わった、と思った。三年間、ずっと足が太かったな。

緋奈子は、ことあるごとに、洋輔と自分の経緯を父に訊かれて言葉に詰まってしまったあの瞬間を思い出す。もう誰に訊かれることもないけれど、緋奈子は未だに洋輔と自分を表す言葉を探していて、それが見つかっていなかった。世界で自分たち二人だけにしか理解できないことがあるって、冗談じゃなく本気で信じていたのだ。

多くの人が中学時代を想起するときに思い浮かべる風景とは何だろう。部活だろうか、修学旅行だろうか。緋奈子には想像することしかできないが、緋奈子にとってそれはセックスだった。夏の雨の日のじっとりとしたセックス、多目的トイレでの性急なセックス、誰もいないリビングでの含み笑いのセックスだった。放課後に寄り集まってゲームをすることだとか、マックでだべることだとかと同じように、緋奈子の中学時代には洋輔とのセックスがあった。それは愛じゃなかったかもしれないし恋じゃなかったかもしれない、それでも名前をつけることで、性器を許しあった緋奈子と洋輔の日々がいくらか損なわれてしまうのならば、言葉を持たないままで、ぼやけた輪郭のまま、永遠にそこにあればいいと思った。

寄る辺なくはない私たちの日常にアイドルがあるということ

三年目っていうのは転職したくなる時期なんだよって先輩は言う。そんな誰にでも来る思春期みたいに言わないでほしい。あんたがどうだったか知らないけど私の辛さを一般化しないでくれよ頼むから。

仕事に慣れてきて中だるみする時期と言われている入社三年前後の社員を対象に、モチベーションの向上を主目的とした一週間の宿泊研修が用意されていた。六日目の夜、研修プログラムを全て終え、あとは懇親会と翌日の移動を残すのみとなり、私はただ疲弊していた。研修でモチベーション上がる奴って存在すんのかな?　一刻も早く逃げ出したい思いを強めるイベントに過ぎないんだけど。この研修にかかる費用の分だけ給料に上乗せしてくれた方がよっぽどモチベーションは上がる。人事課の連中もわかってるけど慣習だからっていう惰性でやってんだろどうせ。

職場に強い不満はないけど強いやりがいもない。こうはなるまいって思う人はいてもこうなりたいって思う先輩はいない。あらゆることが、ほんのちょっとずつ自分にハマっていないけど、そのどれもが致命的ではなく、要領が悪くないせいで何となくやりすごせてしまう。定年まであと三十五年。永遠か？　永遠にこのままやり過ごし続けるのか？　ここではないどこかへ行けば何かが好転する気がするっていうのはやっぱり甘いのだろうか。

入社当初は二十数人いた同期も十人ちょっとに減っていた。スマートフォンが当たり前に普及した今、昔のように足を棒にしなくても、意志と指先を動かせば少ない労力で転職を成功させることができる。執着するような待遇じゃないことはわかっている。その実、ひどい職場じゃないってこともわかっている。気分転換だ！　っつって、ポリシーなく転職しちゃいたいけどその勇気も自信も今のところ、ない。


　半ばノルマみたいになってる上役へのお酌もひと段落し、同期の女たちで寄り集まって卓を囲んだものの、研修会場の宴会場ともなれば目の届くところに人事課の社員がいるわけで、おおっぴらに仕事の愚痴や横行している社内不倫についての話題を出すわけにもいかず、いまひとつ盛り上がりに欠けるままちびちびと酒を飲んでいた。そんな中、一人が「そういえば、私の推しが最近逮捕されたんだけど……」と切り出したのでみんな思わずヒッと息を飲み、「何で何で何で何で!?」とにわかに場が沸いた。

「淫行……」

ああ……とその場の女たちの口からため息ともつかない呻きが漏れる。

推しとは、もともとアイドルファン用語で、自分の応援しているメンバーのことを「推しメン」と表現したのがおそらく始まりだが、今となっては意味が広がり、アイドルだけでなく俳優や漫画のキャラクターなど、ご執心の存在なら何でも「推し」と呼ぶのが一般的になっている。確かこの子の推しは若手声優だったはずだ。

「推しが逮捕されるってどんな気持ち？　ねえどんな気持ち？」

「いや、うーん、何ていうか……率直に言うと、私の力不足だったかなって」

「意味わかんない。あんた関係ないよ」

「関係ないとか言わないでよ！　そんなの私が一番わかってるよ！」

「淫行かー。それはきっついね。せめて飲酒運転とかなら……」

「いや飲酒運転の方がダメでしょ！　人が死ぬかもしれないじゃん！」

「でも淫行よりは飲酒運転の方が犯しちゃった気持ちに寄り添えるよ！」

「だから寄り添う必要ないんだって」

その点推しが二次元の私に死角はない、と十年くらいずっと同じ漫画の同じカップリングで二次創作を続けている女がドヤ顔で言い張り、うーん全っ然羨ましくない！　と口々に言い合う中、きょとんとした顔でしばらく口を閉ざしていた森田愛梨《あいり》が、細い首を不思議そうに傾げて「みんな、推しとかいるもんなんだ？　推しっていう概念がそもそも私にはよくわかんないんだけど」と言い放った。

女たちに「はあ？　あんた何のために働いてんの？」と問いただされた愛梨は、「いや、自分のためだよ！　それ以外にあんの？」と何をわかりきったことを、という表情で答えた。

「推しを推すためでしょうよ」

「推しを推すっていうのは推しのためでもあるけど間接的に自分のためでもあるから……」

愛梨は「ちょっ、ごめん、何言ってんのかわかんない。大体さー、私、付き合えるわけでもない人間に一切興味ないんだよねー」と笑った。

「お前っ、すげーな」

「強い。あんたは強いよ。眩しいよ」

「えっ、だってアイドル推してて付き合えんの？　アニメのキャラ推してて結婚できんの？　無理でしょ？」

「いや、私は推しと付き合いたいかと言われるとまた違うんだよなー」

「ウッソー、じゃあ推しに付き合ってくださいって言われたら振るの？」

「絶対振らないよ？」

「セックスしよって言われたら断るの？」

「絶対断らないよ？」

「ほらみろー！」

「ジャニーズ、ハロプロ、韓流、宝塚、若手俳優、プロレス、芸人、バンド、声優、二次元、フィギュアスケート、これらの罠が各所に張り巡らされてる現代社会に生きてて、マジでどの神も信じてないの？　無宗教なの？」

「うん！　強いて言うなら自分教。だって誰ともセックスできないじゃん！　あっ芸人くらいだったらいけんのかな？」

「あんただったらマジでいけそうで怖い」

「よっ、さすが人間マッチングアプリ！」

「昔ちょっとアイドル好きだったことあるけどー、コンサート会場とか行くと冷めちゃうんだよねー。自分以外にもその人のことを好きな女とかがいっぱいいんの、何かキモくない？」

「うわー同担拒否だ。女子高生かよ。引っ込めー」

ドータンキョヒってなにー？　童貞短小拒否の略？　と真剣な顔でしょうもない下ネタをぶちこんできた愛梨はもう適当にいなされ、最近までフィギュアスケーターを推していた女の「ところで私、プロ棋士にハマりそうなんだよね」という急な推し変告白に関心がうつった。棋士ってジャンルは未知数でどのくらい時間と金を持ってかれるもんなのか全くわかんないけど、何かヤバそう。

愛梨のように強くない私の世界には推しが存在している。愛好ジャンルはアイドル、もっと細かく言うならば「大手アイドル事務所の研修生」だ。ＤＤ（誰でも大好き）オタというほどではないにせよ常に推しは複数いて、今の本命はゆんちという愛称で親しまれている十八歳の男の子だ。

以前は母の影響で某国民的男性アイドルグループを箱推ししていたが、デビューしてから二十年以上経つ彼らは、良くも悪くも大団円感が強くて、漫画で言ったら第五部くらいまで完結してるだろっていう落ち着きっぷりに飽きてしまった。幼い頃から応援していたので、一緒に人生を歩んできたという感慨はある。私が小学生の頃から、別ジャンルにハマっていて疎遠だった時期も、大学を出て社会人となった今も、彼らは変わらずアイドルなのだった。長いこと見ていると、ああ、この人は色んなことに折り合いがついたんだなっていう瞬間がわかったような気になる。アイドルっていう職業への覚悟とか、満足感とか、慣れとか、諦念とかが綯い交ぜになった貫禄をいつしか彼らは持ち合わせていたのだった。私は自分がつくりあげた彼らの物語に勝手に切なくなってしまう。

そういう感傷を与え続けてくれる彼らのことを、多分これからもずっと変わらず好きだけど、目が離せない時代はとうにすぎてしまった。ファンの多さもゆんちとは桁違いだし、もう安心だ。私の上を通り過ぎていった心の元カレたちよ、私の知らないところで幸せになってくれて構わないよ。

その点研修生というジャンルの目の離せなさと言ったらない。入所オーディションの時はそのへんでちょろちょろしている子どもなのに、みるみるうちに歌やダンスを覚える。身長が伸びる。声変わりをする。メイクが上達する。立ち居振る舞いがアイドル然としていく。アイドルとしての成長のスピード感が段違いで酔いそうになる。特に、夏休みに集中する現場仕事やそれに伴うレッスンが詰め込まれる研修生の一夏は長くて、研修生たちは夏を超えると別人のようにパフォーマンスレベルが上がっていたり体つきが変わっていたりする。

それぞれに成長し、他の研修生との関係性を深めながらも、彼らの中でグループを結成してCDデビューに至れるのはごく一部の選ばれた者のみで、大多数はひっそりと退所していく。ともすれば、アイドル未満とも言える彼らの物語は、連載開始に漕ぎ着けることができるかすら定かではないのだ。めまぐるしく変化する彼らのうち、誰がいつ華々しくデビューするのか、それとも淘汰されるのか予測がつかず、片時も油断できないし目が離せない。

私の推し活は、推しがデビューを決めた時、あるいは夢破れて退所する時に思いっきり泣くための準備みたいなもんだ。

推しという概念がわからない「人間マッチングアプリ」こと森田愛梨と私は、趣味は全然合わないけどなぜか気は合って、しばしば合コンの人数合わせなどにお声がかかり、誘われるがまま参加したりする仲だった。堅実めの社員が多い職場でパリピ寄りの愛梨ははっきり言って浮いていて、中には露骨に彼女を軽視している人も多い。「ちさぱい今週末飲もうよー」なんつって私のデスクまでひょこひょこやってくる愛梨に対して周囲で含み笑いの目配せが行われたり、愛梨の話題を出すと「ああ、あの森田（笑）ね」と嫌なやり方で笑われたりすることもままあるが、義憤に駆られて彼女を庇うでもなく、そうですーその森田ですーなんつって適当にやり過ごす私の良心が痛んだりすることは別にない。

私が神谷と出会ったのも愛梨に誘われた飲み会だった。

神谷は、愛梨が学生時代にインターン先で知り合った男の子の就職先の同期とか、確かそんなんだったと思う。毎週末フットサルやってますみたいな顔した根アカの男と連れ立ってやってきた神経質そうなメガネが神谷だった。

「ちさぱいはー、ちさぱいって呼ばれてるけどおっぱいは小さくないから大丈夫だよー脱いだらすごいんだよー」

愛梨は飲み会の度に自己紹介のくだりで律儀に説明してくれるけどそもそもお前しかそのナメたあだ名で呼んでねーんだよと思いつつ私も毎回「もうちょい夜が更けたら巨乳ギャグ披露しますねー」と大してウケるわけでもないやりとりを繰り返してしまうし、万一に備えて巨乳ギャグは二つほど用意してある。

二度と会うこともないような人間との飲み会に慣れると、その場しのぎの受け答えばかり上達してマジレスの仕方を忘れる。

浅いとか深いとかダサいとかオシャレとかいうマウンティングと無縁で、掘り下げられすぎることもなく、かつまるきりの嘘でもない合コンコミュニケーションを私は常に模索している。

趣味を聞かれれば「最近は献血ですかねー。成分献血って知ってます？　血から必要な成分だけ抜いてあとは戻すやつなんですけど、ヌくのもイれるのもできるんでお得ですよ」っってライトな下ネタで場をあっためる。好きな音楽の話になれば、誰でも知ってて音楽通にもウケが良くて気取ってないバンドの最適解ことスピッツを申告する。私がリアルに多用している最新版合コンさしすせそは「さすがっすわー」「しんど！」「すさまじいね」「世紀末かよ」「それマジのやつじゃん（あるいは「そういうとこあるよね〜」）」でファイナルアンサーです。とりあえずその場をしのぎたい、モテを重視しない方のみ参考にしてください。

ドルオタの集いでも何でもない飲み会の場でアイドルが好きなんて言うのは悪手、コミュニケーションの摩擦が生まれてお互いにそよそよとしたストレスを感じるだけだ。だからこそ、フットサル顔が「俺は休日はだいたいフットサルやってるなー」と清々しいほど意外性ゼロの発言をした後に神谷が「僕の趣味は、専らアイドルですね」と言ってのけた時、へーお前の合コンスタンスそういう感じなんだ？　私が言うのも何だけどモテる気あんのか？　と一抹の不安を覚えた。

愛梨は、「おっ、ちさぱいもわりとアイドル好きじゃなかったっけ～？」と、私がどの程度の熱量でアイドルを語るかを委ねる言い方でトスを上げた。愛梨はパリピだけど空気が読めるので、合コンの場で私がドルオタであることと遠恋中の彼氏がいることは基本的に伏せておいてくれるのだった。

神谷に推しているアイドルを尋ねると、川上ももなっていう子なんですけど……と私が女子ドルで今一番注目している女の子の名前をあげたので、「おっ、もにゃ推しなんですね～」と相槌を打つと、「もにゃをご存知なんですか!?」と眼鏡の奥の目をかっぴらいた。もにゃこと川上ももなちゃん十四歳は女子アイドルグループを多く擁する大手事務所の研修生だ。昨年夏に行われた入所オーディションの合格者発表の時に、ほかの女の子たちが不安そうに瞳を震わせている中、半ギレの目で審査員一同を睨みつけるように見ていた視線が印象的だったので私の研修生レーダーに引っかかっていた。私がもにゃを把握していることに神谷はたいそう興奮し、もにゃがいかに天使で自分の生きる喜びになっているかと言うことを滔々とまくしたて始めた。うわ～。こいつ喋るタイプのオタクか～。この時点で愛梨は神谷を完全に度外視し、フットサル顔にフルスロットルの構えを見せていたので私も気合いを入れて爆弾処理業務にかかることにした。

神谷は、私や愛梨と同じく社会人三年目だけど大学院を出ているので年齢は二つ上だった。軽い気持ちで専門を聞くと、「マングローブにしか生息していないコオロギを使って体内時計の仕組みを研究していました」と言うので、思わずごめん何て？　と聞き返してしまった。さほど興味のある分野ではなかったが、風変わりな教授に気に入られてほとんどマンツーマンで研究をしているうちにだんだん面白くなってきたのだという。博士課程に進むつもりだったのに指導教授がサバティカルに入ったので断念したらしい。それで今は大手食品メーカーの研究職に就いているのだそうだ。それってコオロギと関係あるんですか？　と聞くと、あるといえばあるし、ないといえばない、と神谷は言った。意味がわからん。とりあえず、さすがっすね〜、と相槌を打ったら怪訝な顔をされた。その後もいくつか当たり障りのない質問をしてみたが、どうも私たちの間には共通言語がもにゃ以外に存在せず、神谷はその他のこととなると極端に口数が減ることが明らかになった。仕方ないので酒を多めに飲んでボルテージを上げ、「古今東西もにゃに言われたい台詞ゲーム」を始めてアホほど盛り上がった。最優秀賞が神谷の発案した「本当はほかに好きな子がいるのにもにゃに弱みを握られてさんざん振り回された後に涙目で言われる『もう、離してあげる……』」に決定したあたりで、パカパカ機嫌良く白ワインを飲んでいた神谷が、手練れに手刀でもかまされたのかな？　ってくらい何の前触れもなくテーブルに崩れ落ちた。フットサル顔が、「いやー神谷これまでになく飲んでたからね〜」とケラケラ笑いながら言った。じゃあ止めろよ。何面白がってんだよ。「めっちゃテンション高かったよね〜よっぽどちさぱいちゃんのこと気に入ったんだろうね〜」おいおいどうすんだよこいつ〜。有無を言わせずフットサル顔に介抱させたいところだったが、愛梨が言っとくけどうちらこの後やる気満々だからな……という念を送ってきたので腹を決めて神谷もろともタクシーに乗り込んだ。ひょろい体を後部座席にぶち込みながら、あからさまに嫌な顔をする運ちゃんに「大丈夫です！　この人絶対吐かないんで！」と宣言した。知らねーけど。マジで頼むから絶対吐くなよ。

翌朝私の家で目を覚ました神谷は、一瞬「え、自分何もされてませんよね？」とでも言いたげな被害者ヅラをしやがったので「神谷さんゆうべ泥酔して意識失ってどーしよーもなかったんでうちに連れてきちゃいましたけど良かったですか？　てか体調大丈夫ですか？　救急車呼んだ方が良かったですか？」とこれまでのあらすじを説明してやったら意図していたよりも多めに苛立ちが伝わってしまいのろのろと土下座の体勢をとられ「この度は……」と謝罪を始めたのでそこまでしなくていいよ！　と慌てて制した。

私もゆうべの酒が残っていて薄く頭痛がするし、当然朝食など用意する義理もなく、特に行動を起こす気になれないまま何週か前に録画してそのままにしてあったキングオブコントの決勝をしばらく二人でぼうっと眺めていた。ネタそのものより、ネタ前に流れる二分足らずのコンビ紹介ＶＴＲの方ばっかり真剣に見てしまって気がついたら二人とも泣いていた。な〜にやってんだろ。

ちさぱいさん、部屋綺麗にしてますね、と唐突に神谷は言った。

「あー、あんま物増やさないようにしてるんで」

「どうやって収納してるんですか？　どうしてもかさばりません？」

「何がですか？」

「CDとか雑誌とか、ポスターとか」

推しのグッズって、ついつい複数買いしちゃいません？　とはにかんだ笑顔で神谷は言った。

「ああ、基本買わないです」

「えっ」

「キリないんで。物増えるの嫌なんですよ。やっぱアイドルは地上に限りますよね〜テレビとかネットの供給が段違いなんで」

「えっえっ、でもそれじゃあもにゃにゃに全然お金落ちないですよね」

「そうですねー。でもしょうがなくないですか？　欲しくないんですもん。あ、ファンクラブは入ってますよ。コンサートは入りたいんで。でもそれでも、会費とチケット代でせいぜい年間一、二万ですね、アイドルに投資してるのって」

神谷は、憮然とした表情で呟いた。

「それって、すごい、不誠実じゃないですか？」

「そうかもしんないですね」

「たとえば、男性と初めて食事する時にサイゼリヤに連れてこられたらどう思います？不誠実じゃないですか？」

「それはまあ不誠実っつか、だせーなとは思いますね」

ってか、その例えビミョーに適切じゃなくないっすか？

納得の行かない様子の神谷が帰った後、不快な頭痛にこめかみを押さえながら無理やり大量の水を飲み、ベッドに寝そべった。ツイッターを起動し、ゆんちオタと交流するために作成したアカウントを開く。私はツイッターアカウントを用途に合わせて七つか八つは所持しているが、稼働率が高い順に、ゆんちアカ、もにゃアカ、あとは友人との交流用のプライベートアカウントとなっている。プライベートって。ドルオタは仕事かよ。その他のアカウントは若気の至りで作った愚痴アカや、かつての推しのためにつくったアカウント等で、今となってはパスワードも定かではなく削除するのも億劫でそのままにしている。

ツイッターは、私にとって推し活における情報収集のメインツールだ、何か推しの状況に動きがあればタイムラインがざわつくのですぐそれと知れるし、コンサートの前などはツイッターを介してチケットを融通しあったりもする。

タイムラインでは、ドルオタたちがめいめいこの動画の何分何秒のゆんちが可愛いとか振りが一拍ずれてて可愛いとか先輩とテーマパークに行ったらしい可愛いとかかまびすしくツイートしていて、うんうんわかるわかる可愛いよね〜ゆんちは可愛いんだよね〜と読んでいて口元が緩んでしまう。

推し活の質を高めるために、推しに関する良質なツイートを投稿してくれるオタを厳選してフォローしているので、タイムラインでは基本的にみんな推しの話をしている幸せな世界だ。ツイッターを見てると全国民がゆんちのこと好きなのかなって思っちゃう一方で、日常生活でゆんちを推してる人間に遭遇することはまずなく、ゆんちって私にしか見えてないのかな？　って思う時もある。

ゆんちへのラブを手を替え品を替えユーモアにくるんでツイートする。タイムラインの有益な情報や共感性の高いツイートにはいいねを押す。今日もアイドルは可愛いしドルオタは元気だなあ、平和で良かった、と充足感を覚える。

もしSNSがない時代に生まれていたら、私は多分アイドルにハマってないだろうなと思う。可愛いアイドルを眺めるそれ自体よりも、むしろオタ同士でやいのやいの言ってるのの方が楽しいとこある。漫画だって原作より二次創作の方が好きだったりするし。他者の感受性の手助けなく自分で一から魅力を見出すのをサボってるのかもしれない。

地下アイドルなんかもずいぶん流行ってるけど私はやっぱり大手ジャンルが好きだ。大手ジャンルはチケットの競争率が高かったりクソオタが目立って顰蹙を買ったりするっていうようなデメリットもあるけど、ファンの母数が多い分だけ面白いブログやツイートを発信できるファンもたくさんいるのでネットサーフィンが捗《はかど》る。また、大手事務所のアイドルはＳＮＳの利用を制限されていることが多いっていうのも良い。本人不在の方が噂話は盛り上がる。まあ今の時代当然みんなエゴサーチくらいはしてるだろうから、厳密には不在ってこともないんだろうけど。

そうしてスマートフォンを片手にだらだらしてたら半日経ってしまった。推しが歌うＣＤを聴くわけでも推しが出ている雑誌を読むわけでもなく、推しがカワイイの気持ちの共有だけで休日はあっという間に過ぎ去る。

私はアイドルに不誠実か？

中学生の時、放課後コンビニで駄弁《だべ》っていたら連れの一人が万引きで捕まって、店長の「こういうことされちゃ商売になんないんだよ！」という叱責に対して、「知るか！　中学生だって職業なんだよ！」と言い返していたことをよく思い出す。当時はこいつ逆ギレしてるよ～バカだ～うける～と思ってけらけら笑っていたけど、あれから十年経った今でも「中学生だって職業なんだよ！」という無茶苦茶な言い分が折に触れて頭をよぎる。

私はアイドルに不誠実か？　私がやっていることは万引きか？　ヤリ逃げクソ野郎か？　アイドルを不当に搾取しているのか？

別に推しにお金を使う価値がないと思っているわけじゃない、でもしっかりお金を落とすことに伴う精神的な億劫さを私は忌避しているのだった。

推しとしっかり向き合ってお金を落とそうとする。

まずは推し関係の商品情報を把握する。

CDが出るならオリコンの初週売上に計上される期間内に買う。スマートフォンに取り込む。CDは収納する。聴く。

雑誌に掲載されるなら、掲載誌を調べて買う。推しの最新の発言を把握する。これまでの発言を踏まえて推しのことをまたひとつ正しく理解する。雑誌は解体してファイリングする。

こういう一連の流れって推しのことを心から応援してる人にとっては心躍る推し活の一環で、ひとつも面倒くさくないことなのでしょうか。私はゆんちのことめちゃカワイイと思ってるし心から応援してるけど普通に面倒くさいよ。

ひとたびお金を使い出して、全部買わなきゃって義務感を抱きたくない。推しの発言をくまなく拾って正しく理解しなきゃって思いたくない。他に気になる子ができたらラフに推し変したい。推し変したあとに、これまでに発売されたあれもこれも買っときゃ良かったって思いたくない。狭い部屋に歴代の推しのグッズが乱雑に堆積していく状況にストレスを感じたくない。

そういう経済的側面以外の心理的負担は、その商品の魅力や推しに課金したっていう満足感を差し引いてもお釣りが出るくらい私の中では大きい。

別にお金を落とさなくても、YouTubeの公式チャンネルで配信してる動画を見たりとか、音楽番組を録画したりとか、ＳＮＳを巡回したりするだけでもじゅうぶん楽しいし。

アイドルで疲れたくない。仕事じゃねーんだよドルオタは。

うーんやっぱり私はアイドルに対して不誠実な気がしてきたなあ。

週明け、始業前に愛梨が私のデスクまでやってきて肩を叩き「よっ、金曜日は変な奴押し付けたみたいになっちゃってメンゴ！」と謝る気ねーだろっていう謝罪をかましてきた。

悪いと思ってんならランチでもおごれ。金で誠意を見せろ。

そっちはどうだった？　一発やれた？　と小声で聞くと、愛梨はにたりと笑って一発どころじゃないよーんと私の肩を小刻みに揺すった。

そうそう、神谷氏がちさぱいの連絡先知りたがってるけどどうする？　ブッチする？　とスマートフォン片手に尋ねられ、ちょっと迷って了承した。

夜には、神谷から迷惑をかけて申し訳なかった、きちんと謝罪したいので一度食事でもどうか、何か食べたいものがあれば教えてほしいというラインが入り、「じゃあサイゼリヤで」と返信する。

結局神谷が指定したのは、小綺麗な地中海料理屋だった。

「サイゼリヤでいいって言ったじゃないですか」

神谷はもごもごと、いや、そういうわけには……と言った。

「あの、あらためて、本当に先日はすいませんでした、介抱していただいた上に不誠実とか言っちゃって……。ドルオタにもそれぞれのスタンスってものがあるのに」

控えめに乾杯してすぐに謝罪をする神谷は、きっと真面目な人間なんだろう。その性質に好感を抱くわけでもなく、生きづらそうだなあと思う。神谷は、身体の細部がどことなく自信がなさそうで、指先やつま先の動きに安定感がない。

「まあ、私たち、同じもにゃ推しとはいえ宗派が違うんで仕方ないですよね」

「信じてる神は一緒なんですけどね」

「そもそも私はもにゃ単推しなわけでもないんで、強いて言うなら多神教の人間ですし」

「僕は、完全に一神教で……もともと別に推してる子がいたんです。その子のことも、僕なりに真剣に愛してました。しっかりお金も使って、認知もらえるくらい現場にも通ったし。でも、七期生のオーディション特集でもにゃを見た時、『出会ってしまった』って思ったんですよね。そこからはもう、知れば知るほど、もにゃのことしか考えられない自分がいて」

ポリ、と口に入れたピクルスを丁寧に食べている風で神谷が今味わってるのはパプリカではなく彼女への思いで、ゆっくり響く咀嚼音がどうにもじれったく、間を持たすためにビールを一口飲む。

「正直、男性アイドルのファンが羨ましい部分はあります。僕は、もにゃと一緒に年を取りたいのに、女の子のアイドルは引退が早いじゃないですか。ももにゃんが卒業する時のことを思うと、今から……」

「ちょっ、何泣いてるんですか！　娘を持った父親じゃないんですから」

「できることなら、一生アイドルとしてのもにゃを見ていたいんですよ。僕は、一生もにゃを推す覚悟はできてるんで。でも今の芸能界じゃそれも難しいじゃないですか」

神谷は眼鏡を外し、ハンカチで目頭を押さえた。こいつ、意識失うし泣くしで酒癖が悪いのでは？　と疑ったが今日彼が注文していたのはノンアルだった。こいつが悪いのは酒癖ではなくもにゃ癖だ。

「もにゃの卒業後のことなんて考えたくないんですけど、女性アイドルのセカンドキャリア問題が取りざたされている記事を読むと、居てもたってもいられなくなっちゃいます。もにゃがもにゃらしく一生輝き続けるために、一体僕には何ができるんだろうか」

大きなお世話じゃないか？　アイドルの人生にドルオタ風情が責任を感じることこそ傲慢なんじゃないか？　いつアイドルを卒業するのか、卒業後に芸能活動を続けるのかそれとも引退するのか、全てもにゃ本人が決めることで、ファンが勝手にやきもきしたって仕方ないだろう。若くて愛らしいもにゃは今後何にだってなれる。別にアイドル以外にも引退年齢が早い職業はたくさんあるし、アイドルの卒業後のことを過剰に心配するのって、推しの一番可愛い時期を不当に搾取してるって後ろめたさの表れなんじゃないですか？ あの子たちは好きでアイドルやってるんだから、ただ降り注ぐカワイイに身を任せていればいいんじゃないですか？　って思っちゃうのは、推しに対してちょっと冷淡すぎるだろうか。

「僕にとって、もにゃって何なんですかね……」

こっちが聞きてーよ。

「そんなんじゃ、週刊誌に撮られた時とかどうすんですか？」

几帳面にハンカチの角を揃えてたたみなおしている神谷の鼻は赤い。

「そんな縁起でもないこと言わないでください」

「じゃあ、推しにはどんな恋愛をしていてほしいですか？」

初対面の日からそうだったが、神谷とのコミュニケーションはこちらが質問をする形式で進めるのが一番スムーズなのが癪にさわる。司会じゃねーんだぞ私は。甘ったれるな。

「欲を言えば、アイドルを卒業するまでは恋愛はしてほしくないですね」

「はあ？　でももにゃが卒業するのは嫌なんですよね。一生アイドルやっててほしいんですよね。じゃあ神谷さんとしては、もにゃが一生アイドルかつ処女でいるのが理想ってことですか？　結婚して子ども生んでっていうのはしないでほしいってことですか？」

「そうなりますね」

「アイドルサイボーグになれってことじゃないですか。発想が悪の組織じゃないですか。それじゃあ、もにゃが片思いするのはオッケーなんですか？」

「片思い……かあ……片思いよりももっと淡い感情だったらオッケーですね」

「は？」

「何か、恋愛には興味があるし、かっこいいと思う人もいないわけじゃないけど、今はやっぱりメンバーと一緒にアイドルやってる方が楽しいやって思っててほしいです。でもその一方で、普通に恋愛する一般の女の子に憧れていてほしいです。ラブソングを歌って複雑な気持ちになっていてほしいです」

「うわあ気持ち悪い」

「勝手なことを言ってるのはわかってます。でももにゃは真摯で賢い子だから理解してると思うんですよね。自分がどんな土俵で闘っているかっていうのを。ファンがどんな気持ちでもにゃを応援して、握手券を買って、フォトセットを買ってるかっていうのを。アイドルっていうのはある種の疑似恋愛なわけで、それを職業にする以上恋愛はしないのが礼儀だと思うんですよ。話題になったあの子みたいに、生放送で結婚宣言なんかされたらたまったもんじゃないですよ」

「あれ、この世界は翻弄するかされるかなんだよ！　って気概が伝わってきて私はスカッとしましたけどね」

私、もにゃは普通にうまいこと仕事しながら彼氏つくる気がするんだけどな。むしろ、私はそういう狡賢く自分の利を追求しそうなところが良いなと思っていたのだ。私と神谷のもにゃ像には大きな隔たりがある。話していくにつれて、絆は一向に深まらないのに傷ばかり深くなっていく。オタクの数だけもにゃがいるんだなあと思う。多くの人に知られるってことは、それだけ多くの人に誤解されるってことなんだろう。

「私はわりと推しがどんな恋愛しても別に構わないですよ。大してお金も使ってないのに、交際相手がいたからって裏切られたとも思わないですし。まああんま軽率なことしてたらバカだなーとは思うかもしんないですね。アイドルの恋愛なんて、隠しとくに越したことないんで。どっちかっていうと、要領よく恋愛できるアイドルに憧れます。子どもの頃から芸能活動してる子ってどのタイミングで異性を知るんでしょうねー。若いアイドルグループ見てると、この子らのうち何人経験済みなのかなって考えちゃいません？」

さすがに軽蔑されるかと思ったが、もう宗派の違いにどうこう言うつもりはないのか、敬虔な神谷は表情を変えず、リベラルな姿勢、大変結構です。と師範のような感想を述べた。

「お金は落とすけど恋愛禁止を主張する僕と、お金は落とさないけど恋愛に寛容なちさぱいさんだったら、どっちがアイドルに対して誠実だと言えるんでしょうね」

どっちも無責任なんじゃないっすか？　無責任に他人の人生を消費したいから私たちはアイドルが好きなんじゃないですか？

私はステージに立っているアイドルを見てても もちろん泣けるけど、ステージの外の、ベテランの振り付け師に叱責されてるとことか、撮影の合間にメンバーとじゃれてるオフショットを見るともっと泣ける。この子たちが選んできたものと切り離してきたもの、これから摑み取るものに思いを馳せて泣ける。そういう彼ら彼女らの物語をおかずに白飯を食っているのだ。

平凡な私だってこれまでの人生で数え切れないほど取捨選択をしてきたし、これからもするだろう。でもアイドルたちの取捨選択や喜怒哀楽の方が私の胸に切実に響き、むしろ自分の人生の方が他人事みたいに感じるのは何でだ。

毎朝六時半にアラームが鳴る。何でこのクソ眠いのに起きなきゃいけねーんだよって脳みそが考え始める前に無心で素早く起き上がることがすっきり目覚めるコツだと思う。考えるだけ損なことってのはある、悲しいことに。起床後即テレビをつけてYouTubeのアプリを起動させ、アイドルの動画を流しながら身支度をするのがルーティンになっている。ネットサーフィン中に偶発的に目に入ってくるもののほかは一切ニュースの類を見ない。アイドル以外の、政治とか経済とか世の中のこと全然知らなくて人としてやばいかなーと漠然と危機感を抱くこともあるけど現状何とかなっているから毎朝目先の英気を養うのを優先してしまう。アイドルはレッドブルのウォッカ割りとだいたい同じくらい効く。営業部の愛梨は、取引先との会話のタネになるから情報番組やネットニュースは日々くまなくチェックしていると聞いたことがある。スタバの新作も発売されたらマストで飲むとも言っていて、これが結構話のとっかかりとして有用なのだという。経理部の私は内勤で息がつまることもあるけど、営業に配属されなくて良かったと心から思う。

たまたまタイミングが合ったので愛梨と会社の近くのイタリアンにお昼に行った。先日棋士に落ちそうと宣言していた同期の女がまんまとハマって将棋に詳しくなり、その結果将棋を嗜む上司に過剰に気に入られてセクハラ騒ぎになっているらしい。愛梨は社内ゴシップに異様に詳しく、本人もゴシップガールのような生活を送っている。

愛梨は例のフットサル顔とうまくいっているようで、正式に付き合うことも視野に入れているが手放したくないセフレもいるしでどうしようかなーとジェノベーゼをくるくる巻きながら悩んでいた。

「あーほんと仕事が手につかないよー。今月達成率やばいのにさー。そっちはどうなの？神谷氏と。やった？」

「やってない」

「ほんとかよー。だってちさぱい、遠距離の彼氏と最近会ってんの？」

彼と最後に会った日を思い出そうとするけど、いつだったたか、今よりは薄着だったような気がするという程度の記憶しかない。

「夏頃会ったかな」

「もう秋も終わるんですけど！　さみしくないの？」

「別に、もう付き合って長いし」

「それってもう飽きちゃってるんじゃないの？」

「もう家族みたいなもんだから……家族って飽きないしころころ変えたりしないでしょ」

「おっとな〜。私だったらやりまくっちゃうなー。絶対ばれないじゃん！　どうせ結婚するんだったらその前に遊んどいた方がよくない？」

「いや、うーん、遊びたい気持ちもないわけじゃないけど、彼を傷つけたくはないからさあ」

真面目かよ！　いつもみたいに適当なこと言ってやりすごせばよかったのにうまくできなかった。そのくせ、マジレスっぽく口から出した言葉もどこか自分の本音とそぐわない気がして、妙な違和感に居心地が悪くなる。本当に彼を傷つけたくないんだったらホイホイ合コンになんか行かないんじゃないか？　合コンで、誰とも分かり合う気がないような適当なコミュニケーションをとっているくせして、内心、あわよくば、と常に思っているんじゃないか？

会社に戻り、今日は残業なしで帰れそうだなと順調に業務をこなしていたつもりが、定時を二分過ぎたあたりで作成していた伝票のミスに気付いてしまって項垂《うなだ》れる。おいおいマジかよー。類似作成で複数の伝票をつくったので、単純だけど広範囲に渡る修正を入れなければいけない。小さく呻き声をあげて紙資料を乱暴にデスクの端に置き、修正範囲を正確に把握するべくキーボードをタイプする指の動きが荒くなる。隣のデスクの先輩が怪訝そうにこちらを見やったので「アディショナルタイムに失点しちゃいましたあ」と冗談めかしてへらりと笑ったはいいものの内心結構やられている。よっぽど明日にまわそうかと思ったけど明日も明日で業務がパツっているので全て直してから帰ることにする。残業時間の削減はチーム全体の目標でもあるため、残業することを伝えるとチームリーダーに嫌な顔をされた。もう三年目なんだし、自分で抱え込みすぎないで周りに適切に仕事を振れるようになってねと小言を言われる。本音半分建前半分の苦言は、その通りだと思うけど自分のしょっぺーミスの尻拭いをチームに振り分ける気には全くなれない。はい、すいません、と生返事をしながら全て自分で処理した。残業時間はきっちり申告した。

家に帰って手早くシャワーを浴び、スキンケアを済ませてベッドに仰向けに横たわる。背中とベッドの接地面に身体中の疲労がじんわり沈み込んでいく。お腹は空かないけどアイドルは空いた。さっさと補充して早く寝たい。

ツイッターを開くと、ドルオタたちは今日もまたゆんちがいかに愛すべき存在かっていうのを飽きもせず発信している。研修生のゆんちは、そう毎日露出があるわけではないので、実際のゆんちよりもドルオタが語るゆんちのイメージの方が私に馴染んでくる。インターネットを見れば見るほどオタクたちの共同幻想が膨れ上がってゆき、本人と乖離していくような気がしてくる。

馴染みのフォロワーにリプライを送り、その返信を待っている間に手持ち無沙汰になってゆんちの名前をリアルタイム検索にかけた。すると、ゆんちの可愛らしさを称賛する数々のツイートの中に紛れている不穏分子を発見しておや？　と訝しく思う。「そういう向上心の無さやずるさが周囲の士気を下げてるってこといい加減わかった方がいいと思う。あの子のオタって全員頭お花畑だから本人も気付けないのかな？」該当ツイートを発信したアカウントのホーム画面に飛ぶと、それはまさしくゆんちのアンチアカウントで、定期的にフルネームで検索をかけているからわかるけれどもこんなもの絶対数日前までは存在していなかった！　アンチアカウントというのは、特定のアイドルの悪口をのべつまくなしにツイートしまくり、しかもアカウント名に本人のフルネームを組み込んだりしてわざとエゴサーチに引っかかりやすいようにしている大変タチの悪いアカウントのことだ。どうやら三日ほど前に作られたらしいそのアカウントはすでに百件以上ゆんちに関するネガティブなツイートを投稿しており、やめときゃいいのに私はそれを全て遡ってしまっただけでなく、ゆんちのアンチアカウントが他に存在しないか検索技術を駆使して探し出し、見つけ次第ツイートを全て読むということを繰り返していたら夜が明けた。考えうる限り最悪の夜の過ごし方をしてしまった。

　最初は面白半分、怖いもの見たさで覗いただけだった。アンチアカウントができるなんてゆんちも出世したもんだなあ、どれどれどんな揚げ足の取り方をされているのかなって。ただ、そこに連なっていた悪口の数々は、全部が全部まるっきりのいちゃもんというわけでもなく、私が愛情にかまけて知らんぷりしていたちょっとした違和感などをすごく誇張して批判しており、もちろん総合してみればいずれも言いがかりにすぎない妄言なのだけど自分でびっくりするぐらい滅入ってしまった。

　芸能人なんだからアンチくらいいて当然、特に研修生なんてデビューできるのはごく一部、ライバル同士の蹴落とし合いなんだから、大方他の冴えない研修生のファンが我が推し可愛さにゆんちのことを悪く言っているんだろう。ゆんちがあんまり魅力的なばっかりにデビューが近いかもしれないと思って嫉妬しちゃったのかな？　うんうん、わかるよわかるよ〜その悪意。全然想定内。これは想定内の悪意。見つけたら即ブロック、迷惑アカウントとして運営に報告、これが正しい処置。頭ではわかっているんだけどなあ。アンチアカウントがツイートに添付していた、ゆんちが某地下アイドルに送ったと思われるラインのトーク画面のスクリーンショットが頭から離れない。下心丸出しの文面はあまりに生々しく、嫌いな食べ物を無理やり口に詰め込まれたような気分になる。

一睡もしていないけど朝になってしまったので仕方なく出勤した。今日中にデータを集計して完成させなければいけない資料がある。朝から集中して取り組んでも終日潰れるだろうと見越していたが、データを見直しているうちに、あれ？　これ本当に今日中に終わるのかな？　という気持ちになってくる。

隣のデスクの先輩に、顔色悪いけど何か疲れてる？　と声をかけられ、いや、大丈夫です、と言葉少なに返す。無理しないでね、と気遣う声がずいぶん遠い。

寝てないせいで頭痛がひどい。喉の奥に吐き気も潜んでいる気がする。一瞬でも苦痛が和らげばと目を閉じると、脳内にゆうべ読んだゆんちの悪口が流れ込んできて頭がグラグラする。ゆんちはブスじゃないし整形でもねーよ。他の研修生をさりげなく下げて相対的に自分を優位に見せるような意地の悪い会話運びなんてしてねーよ。ゆんちはそんなに賢くねーよ。パフォーマンスレベルが低いのに開き直って大した努力もせずにキャラクター性で売り出そうとなんかしてねーよ。いやそれはしてるかもしんないよ。

十代の男の子を罵倒するためのアカウントを作成してせこせこ悪口をツイートするような頭がおかしいアンチのせいなんかでゆんちの価値は一切損なわれないしましてや私の機嫌が左右されるなんてことは絶対にあってはならない！　揺らいでしまった自分が悔しい！

気付けば私はパソコンに向かったままぼろぼろと涙を流していて、見かねたチームリーダーに有無を言わさず早退させられた。

　私はのん気なゆるオタとして活動できていると思っていた。あくまでアイドルは日々の彩り、ほんのエッセンス、没頭しすぎることもなく、研修生という構図のエンタメ性を俯瞰で面白がり、何にも縛られることなくカワイイを享受できていると思っていた。私のドルオタ活動を豊かにしたSNSが掌を返して私を傷つける。

　私は気軽にアイドルを愛していたいのにこれじゃ割に合わねーよ！　ふざけんじゃねーよ！

　私にとってゆんちって一体何なんだろう。アイドルっていう概念は漠然としすぎていて何の説明にもならないのが苦しい。ゆんちが私にとって一体何なのか、きちんと言葉で理解したいのにそれができない。自分がアイドルと全然折り合いがついていないことを思い知らされてショックを受けてしまう。

　この会社に入社する時の社長面接で、役員の一人に「あなたのキャッチコピーを教えてください」と言われて「ラフ&タフです！」と答えて失笑を買ったのを思い出す。すいません社長、懺悔します。私はラフでもタフでもありませんでした。虚偽の申告をいたしました。年端もいかない男の子に執着し、彼のアンチの発言ごときでめちゃ落ち込んで仕事を早退しました。あの面接の時は完全にすべってたのに全然めげなくて、いや〜やっぱ私ってタフだわ〜って思ったんだけどな〜。ちなみに就活用にストックしてたキャッチコピーの次点は「ステイハングリー、ステイスタイリッシュ」だったんですがそっちの方が良かったですかね？　っていうかキャッチコピーが定番の質問ってマジなんなんだよ。複数準備させるんじゃねーよ。大喜利かよ。就活生はアイドルじゃねーんだぞ！

平日昼の乗客がまばらな電車内であたたかすぎる座席に座ってラインを起動させ、神谷に「今日会えませんか」とメッセージを送った。

私は男の子のアイドルも女の子のアイドルも好きですが、どちらかというと男性アイドルに肩入れしている理由を説明します。

強い憧れを持ってアイドルを志してる子が圧倒的多数の女子ドルたちと比べて、男性アイドルは熱意のばらつきが激しいんです。親類や知人の勧めでオーディション受けて合格しちゃったのがきっかけでアイドルやってるっていう子が男性アイドルには結構多いんですよね。そういう、部活動や習い事の延長で何となく入ったけどとりあえずやるからにはがんばろ、みたいな子と、強い情熱を持ってアイドルやってる子が入り混じっている。それでいてその熱意と人気は必ずしも比例しなくて、アイドルって職業に情熱を注いでいる子よりも、何となく入ってきた子の飄々としたゆるさ、より一般人っぽいパーソナリティの方が魅力的にうつって人気が出ちゃったりする。どちらかというとゆんちもそのタイプなんですけど、そういう子には、だんだんとアイドルという職業へのプライドや執着が芽生えていく過程があって、それを見守るのも醍醐味のひとつですね。男の子のアイドルの、ごった煮で歪《いびつ》なところ、面白いですよ。

っていうのは建前で、私が男性アイドルを好きなのは完全に性欲由来です。私は異性愛者で性指向が男性なので男性アイドルが好きなんです。それだけの話です。

女子ドルオタの女がしばしば男性アイドルオタの女に対して抱きかねない、可愛い女の子は正義！　可愛い女の子を愛でている私も正義！　一方男性アイドルが好きってどういうこと？　それって結局性欲じゃない？　キモい！　的な蔑視線《べっしせん》を恐れて、あくまでも自分はアイドル研修生というコンテンツを俯瞰で面白がっているみたいな気取った言い方をしました。実際は若い男の子が好きなだけです。誰も私を責めてないのに言い訳を準備しておくのが癖になっている。

私は、若い女の子と結婚したい、女の子はすっぴんが一番などと飲み会でのたまう独身男性を女子会で罵倒した舌の根も乾かぬうちに、若い男の子のアイドルが出演している音楽番組の録画を嬉々として再生してセンターの○○くんかっこいいけど化粧濃すぎ！　やっぱりゆんちみたいな薄化粧が最高！　などと恥ずかしげもなく言ったりします。

この国は異常なんです。リアルアイドルの結婚解散熱愛に踊らされるのに飽き足らず、アイドル育成シミュレーションゲームやアイドルアニメ映画の応援上映が大ヒットしているんです。西洋占星術を学び始めた友人に聞くところによると、ホロスコープ上にもアイドルの星、平たく言えば夢を与える者の星というものが存在するそうです。その星は私のそばでもう三年は輝きを放ち続けるはずで、なおかつ社会全体へも少なくとも向こう十年は強い影響を与え続けるというふうに聞きました。日本の皆さん、我々はあと十年はアイドルに振り回され続けるみたいですよ。十年で足りるか？　私たちは、ずーっと、アイドル的なものに振り回されてきたし、今後も生命ある限りは振り回され続けるんじゃないのか？

　私は高給ではないにせよ経営の安定している企業に勤めており、所属部署に嫌な先輩もいません。遠距離恋愛中の恋人とは結婚を視野に入れて交際していますし、お互いの家族との関係も良好です。ゆんちは私にとって日々の活力であり癒しであることは間違いありませんが、決して寄る辺ないとは言えない私の人生の生きるようすがというわけでは毛頭なく、彼の表情や感情は、まぶたにくっついているほんの数センチの毛束の揺れ方は、半端に満帆である種の凪のゾーンに入った私の人生を揺るがすちょっとしたアトラクションにすぎないんです。私の船を動かす燃料であるお金をゆんちに注ぎ込む勇気がないのは、私の人生の舵取りをゆんちに任せたくないせいでもあると思うんです。番狂わせなく大学を卒業して就職したことにより突入した凪のゾーンはきっともうしばらくしたら終わると思うんです。結婚とか出産とかそういうので。それこそあと三年くらいで、多分。その時まで人生の主導権を何とか持ちこたえたいよ。

急な呼び出しにもかかわらず駆けつけてくれた神谷は、私のスマートフォンで件《くだん》のアンチアカウントのツイートを一通り読むとため息をついて「ちさぱいさん、どうしちゃったんですか。落ち着いてくださいよ」と言った。

「それでも平成生まれのデジタルネイティブですか？　耐性なさすぎですよ。そもそも、わざわざ推しのアンチスレ見に行くなんて自傷行為もいいとこです。何自分から傷つきにいってるんですか？」

「ごもっともでございます……」

だいたいラインのスクショ画面なんて今時素人でも簡単に加工できるし何なら架空のトーク画面を作成できるアプリだってあるんですからね、と神谷は諭すように言った。確かに、痛いドルオタが自分の好きなアイドルグループのグループラインを創作して楽しんでるのを見たことあるぞ。

「ちさぱいさんは、アイドルときちんと距離をとれてる人だと思ってたので、ちょっと意外です」

神谷は、心持ち口元に笑みを浮かべている。

生活の中心がアイドルになってもうずいぶん経つのに、未だに心のどこかで自分はアイドルにハマるような人間じゃないって思っている。私の中には、いつだってアイドルに熱狂してる自分と、それを茶化してる自分が同居しているのだ。最近は、アイドルに熱狂している自分がどんどん幅を利かせてきて制御できなくなってきている気がして恐ろしい。

アイドルのパワーを毎日享受していて、彼らが格好良いっていうのをよく知ってるくせに、アイドルにうつつを抜かしていることを恥ずかしいと思っている。アイドルに理解があるふりして、アイドルを私は馬鹿にし続けている。アイドルをもっと愚直に愛したい。誰か、私が納得いくような、聞こえのいいそれっぽい言葉でアイドルの素晴らしさを説明してくれよ。アイドルに全力投球させてくれよ。できないんだったらもうアイドルとかどうでもよくなりたい。愛梨みたいに自分だけを推して生きていきたい。だってセックスできないじゃん！　って言い放った愛梨の笑顔を思い出す。私の現実は愛梨の生活みたいに華やかで刺激的じゃないから、番狂わせのないつまんない人生だからアイドルに多くの感情を委ねてるのかなって思っちゃうよ。

頬杖をついて目の前の神谷をぼうっと眺める。今日はたまたま午後休をとっていたという彼の初めて見る私服姿は、何となくあなどっていた想像よりもずっとスマートだった。痩身の体型に合う服をひとつひとつ丁寧に選んでいるのが伝わってくる着こなしをしていて好感が持てる。

捕らえどころがないと思っていた眼鏡の奥の片二重すらも、アンバランスさが何かエロいかも、って思ってしまう。

「神谷さんとセックスしたら、何か変わりますかね？　私、ゆんちのことどうでもよくなれますかね？」

神谷は、コンサート会場でマナーの悪いドルオタを見てしまったような表情で私の方を見遣り、ぴしゃりと言った。

「そういうの、気持ち悪いです」

ですよね。

「僕は、もにゃに出会えて、毎日幸せです。幸せっていっても、常にポジティブな感情ばっかりもにゃから貰えるわけじゃなくて。モンスターペアレントみたいに、もにゃが何しても可愛いってわけじゃない。もっとしっかりできるだろ！　って悔しく思う時もあれば、そんな出来じゃその立ち位置で踊る資格はない！　って苛立つ時もある。それでも、努力が実らなかった時は労ってあげたいと思うし、他推しに叩かれてる時は全力で怒って、守ってあげたいと思います。ポジティブな感情もネガティブな感情も全部引《ひ》っ括《くる》めて、もにゃに色んな感情を貰える毎日が幸せです」

「ステージママみたいですね」

「ステージママ……というのが適切かどうか。もにゃって、僕にとって娘でも恋人でも、それこそ神様でもなくって、いっそ自分なんですよね」

あんな可愛い女の子に自分を重ねてるなんて、どうかしてると思いますか？　と問いかけられ、無言で首を振る。

「ちさぱいさんと話してから、僕はずっと考えてたんですよ。誠実なドルオタって何なんだろうって。僕は、どうして握手券がついてるわけでもないもにゃのグッズを複数買いしてるんだろうって。それでね、もにゃにお金を使うことって、僕にとって祈りに近いのかなって思ったんです。もにゃのフォトセットを複数買っても、部屋が狭くなるばっかりで、別に僕がファンとして優遇されるわけじゃないし、もにゃにどのくらいバックがあるのかもわからない。初詣で、わけもわからず神に祈ってるのと同じなんですよね。あれって、別に神様のために祈ってるわけじゃないじゃないですか。確かなことはないけど、僕ともにゃにとって何かが好転するはずって祈りをこめてお金を落としてるんですよね。それで祈ったあと、ちょっと気分が良くなれば、僕にとってそれがもう全てなんですよ。もにゃのためじゃなくて、自分のために祈ってるっていうのを忘れないことが、僕の誠実さなのかなって、最近は思うようになったんですよね」

　私は、神谷に対峙して、彼の、右と左で幾分大きさの違う目を見ながら、心ではずっと、一秒も途切れずゆんちのことを考え続けていた。ゆんちのことを真剣に考えることは自分について考えることに近いのに、私は神谷のようにゆんちを自分だとは到底思えない。じゃあゆんちって一体私にとって何なんだろうと考えても、私にとってゆんちは「アイドル」だっていう、最初っからわかりきった答えにしか辿り着けなくて、私は無力だなあと思う。

それでも、私は彼がアイドルじゃなかったら彼を好きになっていないので、自分が辿り着いた答えはただひとつの正解のような気もしてくる。


それは冬の始まりの、よく晴れた土曜日のことだった。ゆんちの所属事務所が、研修生から五名を選出してグループを結成、ＣＤデビューが決定した旨を記者会見で公表した。そのメンバーの中にゆんちの名前はなかった。同時に、公式サイトでは、ゆんちを含む他数名の研修期間終了、つまり退所がひっそりと発表されていた。

こういういつ何時誰がいなくなるかわからないっていう緊迫感は、紛れもなく私が面白がっていた研修生の魅力の一つなのだった。

退所が発表されてから日付が変わるまでの間は、公式サイトでゆんち個人のグッズを購入することができる。

今この瞬間、ゆんちを推していた女たちは、彼への最後のはなむけに、彼のグッズを大量購入しているだろう。

私も日付が変わる瞬間まで、自分が彼に対してどういう祈り方をするか迷うことができる。

ゆんち、別にもともとアイドルになりたかったわけじゃないもんね。これからまた違う夢を追いかけるよね。一人で泣いたりしてないかな、大丈夫かな。ゆんち、夏を超えるたびにかっこよくなっていったね。寄る辺ないとは言えない私の日常に君がいたことで、色んなことがちょっとずつマシになっていったんだよ。

面と向かって気持ち悪いと言われることもできない私が、この先の人生どうか誰もあの子を傷つけてくれるなと、不可能と知りながらもただ手を組んで祈り、その手の熱が冷めないうちにツイッターを開いてゆんちのためにつくったアカウントを削除した。

明日は誰を好きになろうかな。

「くたばれ地下アイドル」２０１５年　第14回女による女のためのR‐18文学賞　読者賞受賞

初出
くたばれ地下アイドル　yom yom　２０１５年春号掲載　改稿
犬は吠えるがアイドルは続く　小説新潮　２０１６年５月号
君の好きな顔　小説新潮　２０１６年11月号
アイドルの子どもたち　小説新潮　２０１７年５月号
寄る辺なくはない私たちの日常にアイドルがあるということ　書下ろし

装画　竹井千佳
装幀　新潮社装幀室

著者紹介

小林早代子　こばやし　さよこ

一九九二年埼玉県生まれ。

早稲田大学文化構想学部卒業。

二〇一五年「くたばれ地下アイドル」で第14回女による女のためのR-18文学賞読者賞受賞。

くたばれ地下《ちか》アイドル

著者

小《こ》林《ばやし》早《さ》代《よ》子《こ》

発行

2018年4月25日

発行者 佐藤隆信

発行所 株式会社新潮社

〒162-8711 東京都新宿区矢来町71

電話 編集部 03-3266-5411

読者係 03-3266-5111

http://www.shinchosha.co.jp

印刷所

大日本印刷株式会社

製本所

株式会社大進堂

乱丁・落丁本は、ご面倒ですが小社読者係宛お送り下さい。
送料小社負担にてお取替えいたします。
価格はカバーに表示してあります。

ISBN978-4-10-351761-0 C0093